# Op de foto

Ander werk van K. Schippers

P.C. Hooftprijs 1996

*De waarheid als De koe* (gedichten, 1963)
*Een klok en profil* (gedichten, 1965)
Poëzieprijs van de gemeente Amsterdam 1966
*Verplaatste tafels* (gedichten, 1969)
*Een avond in Amsterdam* (roman, 1971)
*Sonatines door het open raam* (gedichten, 1972)
*Holland Dada* (documentaire, 1974, 2000)
*Een vis zwemt uit zijn taalgebied* (gedichten, 1976)
*Bewijsmateriaal* (roman, 1978)
*Eerste indrukken. De memoires van een driejarige* (roman, 1979)
*Een leeuwerik boven een weiland* (een keuze uit
de gedichten, 1980, 1996)
*Beweegredenen* (roman, 1982) Multatuliprijs 1983
*Een liefde in 1947* (roman, 1985)
*De berg en de steenfabriek* (verhalen en beschouwingen, 1986)
*Het witte schoolbord* (novelle, 1989)
*Museo Sentimental* (verhalen en beschouwingen, 1989)
J. Greshoffprijs 1990
*Eb* (verhalen en beschouwingen, 1992)
*Vluchtig eigendom* (roman, 1993)
*'s Nachts op dak* (kinderboek, 1994) Zilveren Griffel 1995
*De vermiste kindertekening* (verhalen en beschouwingen, 1995)
*Poeder en wind* (roman, 1996)
*Sok of sprei* (kinderboek, 1998) Zilveren Griffel 1999
*Sprenkelingen* (verhalen en beschouwingen, 1998)
*Zilah* (roman, 2002)
*De vliegende camera* (verhalen en beschouwingen, 2003)
*Waar was je nou* (roman, 2005) Libris Literatuur Prijs 2006
*Stil maar* (verhalen en beschouwingen, 2007)
*De hoedenwinkel* (roman, 2008)
*De bruid van Marcel Duchamp* (zoektocht, 2010)
*Tellen en wegen* (gedichten, 2011)

K. Schippers

# *Op de foto*

Amsterdam · Antwerpen
Em. Querido's Uitgeverij BV
2012

Omslag Brigitte Slangen
Omslag Neil Carey Photography/Getty Images
Foto auteur Allard de Witte

ISBN 978 90 214 4209 9 / NUR 301
www.querido.nl

*erica tetralix*

# Inhoud

# De helft

Er vliegen twee roofvogels boven het dal. Het is net of ze elkaar uit het oog hebben verloren en dan zijn ze ineens weer dicht bij elkaar. Buizerds of arenden, die nog eerder, zo breed zijn de vleugels in hun vlucht.

In de lengte meet het eiland niet meer dan honderdvijftig kilometer en in de breedte hoogstens zestig. Toch heb je, als je erdoorheen rijdt, niet het gevoel dat elke afstand kort is. De wegen zijn bochtig, dat verlengt ze al en ook het zicht op het nooit ontbrekende gebergte maakt de wegen eerder lang dan kort.

In het dal hebben twee reizigers in een café koffie gedronken voordat ze verder de bergen in gaan, daar lopen ze, bij die platanen. Echte klimmers zijn het niet en daarom proberen ze maar met hun auto hoe hoog ze kunnen komen.

Abbie de Witt zit achter het stuur. Veel Vlaamse gaaien, aan de kant van de weg hipt een vogel, z'n bol is zwart, een witte buik, hoe heet die nou.

Er trekt een wolk voor de zon, 'kijk,' zegt Jan Ferwerda, 'm'n hand ziet er meteen veel bruiner uit.'

'Bij donker weer... dan krijg je dat.'

Het weer wisselt hier wel een paar keer per dag. De regen valt soms met bakken uit de lucht en een paar uur later duik je de zee in.

'Wist je dat de onderbenen van blinden vol littekens zitten?' vraagt Abbie, 'komt door het kreupelhout.'

'Doornen, takken.'

Er is hier nauwelijks verkeer. Als er soms een auto aankomt, neemt Abbie de bocht perfect, vlak langs de wand.

'Blijft die fietstunnel nou onder het museum?' vraagt Jan zich hardop af.

Het zijn gedachten die opduiken omdat je over het ruige gebergte niet veel kan zeggen. Het is er gewoon, onbereikbaar, en wat moet je daar tegenoverstellen.

Ze rijden zo hoog dat ze de rivier in z'n volle breedte kunnen zien, met daarboven, tegen de bergwand, twee klaterende watervallen. Op de hoogste toppen glinstert sneeuw.

Het begint te regenen, niet hard, een fijne neerslag, dat merk je pas als het al een paar minuten aan de gang is. Je ziet het ook aan een paar auto's die naar beneden rijden, op de vlucht voor de bui. Ze komen van de top.

'Wie past er op je kat?' vraagt Jan.

'Yvette...'

'Hoe ziet ze eruit?'

'Yvette van Reenen? Niks voor jou, springerig haar... bruine ogen...'

'En verder?'

'Slim... beetje loslippig... een zakenvrouw...'

'Hoezo?' vraagt Jan nieuwsgierig.

'Wilde ze een te dure jas... troggelde ze in de winkel de helft van haar vader af en op een andere dag de tweede helft van een vriend... zonder dat ze 't van elkaar wisten...'

'En de verkoper dan?'

'Die speelde het spel mee, verkocht de jas twee keer, voor de helft van de prijs.'

De weg wordt breder. Hier heeft het harder geregend, overal plassen of heeft het water moeite om weg te stromen?

'Hoe heet die vogel,' begint-ie weer, 'zo had je bij ons vroeger de mus...' maakt ze me een schuiverd, 'stil...' het tollende stuur, het naderende ravijn en weer vlak langs de bergwand, 'je rijdt als een vorstin.'

Deze triomf heeft haar nauwelijks moeite gekost, ze neemt nog een bocht, voor haar de zoveelste, het is de laatste.

Een terrein met een stuk of twaalf geparkeerde auto's. In een stationcar ligt een statief en nog meer fotoapparatuur. Er lopen wat mensen tussen de wagens door of ze staan te praten. Abbie parkeert, haar telefoon gaat over. Ze stapt uit, het is haar moeder. 'Mamma, waterval...' roept ze en wijst naar de berg. Al pratend loopt ze zigzag naar een hoek van de parkeerplaats zonder dat ze er hoeft te zijn.

Het is droog. Jan steekt een sigaret op, wat heeft hij ernaar verlangd. Als het maar niet te lang duurt, dat bellen, die moeder kan er wat van. Daar heb je de twee arenden weer.

Abbie doet de mobiel in haar tas. Zonder iets tegen elkaar te zeggen lopen ze naar het café, een hut van boomstammen met een breed dak. Naast de deur bergschoenen, in allerlei maten. Veel truien te koop, ze hangen aan een rek.

Jan trapt z'n sigaret uit, in een plas.

'Ben je gek,' zegt een klimmer in de deuropening, 'wil je ons soms allemaal de brand in jagen.'

Even houdt Jan z'n pas in. Dan loopt hij langs de klimmer naar binnen.

'Dat doet toch niemand...' roept de man hem achterna.

Jan gaat vlak bij Abbie staan, alsof hij niets heeft gehoord. Ze laat een trui door haar vingers glijden. Een heer in een zwart pak en ook al zwarte schoenen loopt naar de deur. Hij heeft een ouderwets fototoestel bij zich en draagt een wit plastic tasje.

Abbie loopt achter hem aan en tikt hem vlug op de schouder, 'wilt u ons even fotograferen...' Hij aarzelt, dan stemt hij toe, 'kom maar mee.'

Pas nu ziet Jan dat Abbie ook haar fototoestel bij zich heeft, geen zin in foto's. Hij wurmt zich langs de klimmer, 'ga je al weer roken,' zegt de man iets minder fel.

Abbie met de fotograaf voorop, hoeveel voorbijgangers heeft ze het al niet gevraagd, 'ach, wilt u ons even fotograferen...' Meestal stemmen ze toe, zonder dat je later nog weet hoe de maker van de foto's eruitziet. Soms herken je nog z'n schaduw.

'...werkt u ook met een rolletje,' zegt de fotograaf, Jan hoort het net.

'Het is scherper,' zegt Abbie en geeft hem haar camera.

'En mooier.'

Waar moet Jan gaan staan? Hij loopt in een gebied waar hij zelf geen controle meer over heeft, net of z'n benen van de fotograaf zijn.

De man maakt geen aanstalten aan het werk te gaan. De twee fototoestellen ziet Jan niet meer, ze zullen wel in z'n tas zitten.

'Weet u hoe die vogel heet?'

De man kijkt omhoog, naar de arenden, 'nee, hier,' zegt Jan, 'die kleine, daar in het gras, met die zwarte bol.'

'Het ligt me op de lippen.'

Hij rommelt in z'n tas en geeft nog steeds geen aanwijzingen waar ze moeten staan. Jan kijkt om naar het gebergte.

'Waarom doe je dit,' fluistert hij naar Abbie.

'Niemand gelooft het anders.'

'Wat?'

'Dat we samen hier zijn geweest.'

De man haalt een fototoestel uit de tas, 'straks is het al weer verleden tijd,' zegt hij.

'Hoe bedoelt u?' vraagt Abbie.

'Als u er later over vertelt zegt u... we stonden in de bergen met iemand die we nooit meer terug zouden zien.'

Abbie doet een paar stappen naar rechts, Jan gaat een eind naar links, zonder regie. De man ziet eruit alsof alles hem lukt zonder dat hij er moeite voor hoeft te doen.

Hij drukt af, twee, drie keer achter elkaar. Het is zijn eigen toestel. Hij doet het in de tas, een paar passen terug en dan pakt hij het toestel van Abbie en maakt nog een paar foto's. Daar staan ze, achter hen het gebergte.

'Ik moet ervandoor,' zegt hij vlug en geeft Abbie haar toestel. 'Het is gratis. Wat vindt u het mooiste getal? Ik kies zelf 27, het zit vol beloftes, dan kan je alles.'

De man loopt weg en draait zich om, Abbie fotografeert hem snel. 'Het is de zwartkop, als ik me niet vergis,' hij wijst naar de vogel met de zwarte bol, vlak voor het struikgewas, dat hier *macchia* wordt genoemd. Zo ruikt het ook, naar maggi.

De fotograaf is zo snel weggereden dat ze hem op het parkeerterrein niet meer zien.

'Hij schatte me 27,' zegt Abbie trots achter het stuur.

'...niet te hard, je kunt hem toch niet meer inhalen...'

'...en hij vroeg niet eens wat ik deed...'

'...nam je zoals je was...'

'...zoals ik ben...' midden in een bocht kijkt ze hem lachend aan. Ook op Jan heeft de man meer indruk gemaakt dan hij toe wil geven.

'Dat was slim en ook nog leuk,' gaat Abbie door.

'Wat?'

'Die verleden tijd... we staan daar, net zoals hij zei, en nu stonden we er.'

'...geen speld tussen te krijgen...'

'...net of het verleden en het heden heel even in elkaar opgaan...'

Het motregent weer. Over een halfuur zijn ze in hun hotel. Het is van Dominique Colonna en zo heet het ook, naar een beroemde voetballer.

'Bedoelde hij wel dat je 27 bent?' vraagt Jan.

'Wat anders.'

'...dan kan je alles, dat zei hij... zo van, op die leeftijd ben je sterk en jong...'

'...ben ik toch...' lacht Abbie.

'...27 horloges...'

'...eh... 27 waterdruppels...'

'...doe ik er... 27 schouders bij...'

'...krijg je van mij 27... ja, wat... 27 ringen...'

Autopraat, dat weten ze ook wel. Binnenkort vervaagt z'n adellijke gezicht met de dunne wenkbrauwen, z'n zwarte pak en zwarte schoenen, verdwenen, horen ze die wat hoge geaffecteerde stem niet meer en gaat hij op in alles wat vergeten mag worden.

'Alleen die foto blijft,' zegt Jan.

'Hij maakte er anders wel werk van.'

'Gewoon een eindje van elkaar en dat deden we nog zelf ook.'

'...hij liet het heel charmant aan ons over...' zegt Abbie.

'...had het ook meteen kunnen doen... bij dat café...'

'...kwamen ook die bergbeklimmers erop en jij ruzie makend...'

De weg loopt in lussen naar beneden. Geen namen en adressen uitgewisseld, daar wil Abbie nog over beginnen. Jan wil zeggen dat ze soms te aardig tegen iemand is, een paar uur later is ze hem vast al vergeten En waarom zei de man dat het gratis was en heeft hij hen ook met z'n eigen toestel gefotografeerd?

Ze hebben het er niet over. Voor het café in het dal zit een dellig groepje vrouwen, gekleed in jurkjes van tule, met frêle kleuren. De dikste heeft een tuiltje margrieten in het haar.

Abbie en Jan gaan aan een tafeltje zitten. De Engelse vrouwen vieren iets. Ze lachen aan één stuk door, alsof ze het maar vreemd vinden dat ze hier in de bergen bestaan.

De verkleedkist, bij Abbie thuis, haar hand gaat er heel diep in, ze trekt aan een zachte stof, een rokje van roze tule. Ze doet het aan, over haar lange broek, haar zus kijkt vanaf de waranda naar binnen en weg is ze, dat je zoiets onthoudt.

'Not too long...', 'be careful with that match...', 'so silly...' en andere flarden gaan over het terras. Wat later komen Abbie en Jan erachter dat het een bachelor's party is, geen dag, maar een hele week, de vrouwen zijn er helemaal voor uit Plymouth gekomen.

Jan is bedrijfsarts en Abbie kinderpsychologe, ze werkt in een kliniek. Ze kennen elkaar al zo lang, gaan vaak samen op reis, niemand mag dan over zijn werk praten. De rest van het jaar zien ze elkaar niet eens zoveel.

Ze doet een nieuw rolletje in haar toestel. Het oude gaat in een koker, wat staat er niet allemaal op. Kolkende rivier, buizerd boven een zwembad, de hand van Abbie met de dichtbundel *Presque une île* van Marie-Ange Sebasti, een beetje scheef, de knop van het toestel per ongeluk ingedrukt.

In het hotel doet Abbie het rolletje in een envelop met haar eigen adres, briefje erbij, 'alle kamers hebben de naam van een voetballer, Fontaine, Douis en tientallen anderen.' Ze geeft het af bij de receptie. 'Waarom laat je het hier niet ontwikkelen bij de fotograaf in het dorp,' heeft Jan gezegd, 'heb je ze nog eerder als het zo vlug moet.'

Nee, ze moet en zal het naar huis sturen, dan kan Yvette het laten ontwikkelen, die is nauwkeurig genoeg, zo goed als klaar met haar studie rechten.

Niets is prettiger dan wanneer je bij terugkomst in je eigen huis meteen ziet waar je net vandaan bent gekomen.

# Oppassen

'Wat heb je daar veel moedervlekken,' Yvette wijst ze stuk voor stuk aan met een vingertop, heel langzaam.

'Waar nog meer?'

'Overal,' ze wijst door, van Robs rug naar z'n schouder.

'En wat kun je leuk chocola gooien,' zegt ze ertussendoor.

'Waar?'

'Eerst brak je een stukje van dat grote tablet...' de vingertop bereikt de haartjes in z'n nek, 'met één hand, dat vond ik zo knap...'

'Hoe dan?' vraagt Rob, kan er geen genoeg van krijgen.

'...je zat in die stoel en ik lag op de bank... tablet in je hand... breek je er met dezelfde hand...'

'...o zo...'

'...gooit het naar me toe...'

'...ja...'

Er wordt gebeld. Ze schiet uit bed, trekt vlug de badjas van Abbie aan, draait zich lachend in het rond met klokkende jas en rent langs de bank met hun kleren, de aangebroken chocola en een slapende kat. Aan het eind van de gang opent ze de deur, 'jaaaa...' roept ze langs de hoge trap.

'Post!'

Ze loopt terug naar de slaapkamer en blijft in de deuropening staan.

'Wil je het zien?'

'Wat.'

'Het huis... Abbies hele huis...'

'Nu?'

'Zo'n kans krijg je nooit meer.'

Rob trekt wat kleren aan. Op hun blote voeten lopen ze door het ruime huis, eerst naar de keuken om een glas water te drinken. Ook bij zoiets eenvoudigs het heerlijke gevoel dat ze in overtreding zijn en toch kan niemand ze iets maken.

In de woonkamer strijkt Rob met een vingertop over de vleugel, 'speelt ze piano?'

'Kan wel even iets opzetten, ze is dol op muziek.'

Even later speelt Clara Haskil klaterend helder op een piano, 'mooi hè, Abbie heeft er wel vijf uitvoeringen van...'

'Hoe heet het?' vraagt hij.

'*Kinderszenen*, kijk hier staat het.'

'Heeft ze dan zelf kinderen?'

'Geloof het niet,' ze kust hem in z'n hals, hij wil een arm om haar heen slaan, ze ontsnapt, 'ben hier ook nog maar een week.'

'Is dat Abbie?' vraagt hij. Ze staan in de gang voor het geschilderde portret van een vrouw, blond haar met een golf erin, volle lippen, over de veertig, dat moet ze zijn.

'Wat een ogen.'

'Durf je d'r borsten soms niet te noemen,' lacht Yvette.

'Ze kijkt ernstig.'

'Dat valt mee. Planten, de kat, daar had ze het nauwelijks over. Wel dat ik ab-so-luut die rolletjes moest laten ontwikkelen. Als ze thuiskomt, wil ze de foto's meteen zien.'

*Verstoppertje*, Schumann heeft z'n *Kinderszenen* heel licht geschreven en zo worden ze ook door Haskil gespeeld, *Biddend kind*, *Bijna te ernstig*, van die grappige titels, *In een hoek bij het vuur*, ze lopen door, zachter wordt het dan, of iemand levend achter je speelt.

'Maar ik ken haar,' zegt Rob. Hij staat voor een foto van een Abbie met een man, ze voeren de duiven op het San Marco-plein in Venetië.

'Echt?'

'Ze komt bij ons in de zaak. Niet vaak, maar wel altijd met een paar rolletjes tegelijk.'

'Met die man is ze op reis.'

'Grote bril.'

'Hij heet Jan,' ze lopen de gang uit, 'zie je die moet?'

'Hier?' Rob gaat met z'n vinger over een vierkant, veel lichter dan de rest van de muur.

'Daar hing een spiegel. Als Abbie er voorbij loopt, kijkt ze nog altijd even die kant op en dan ziet ze de muur.'

'Vertelde ze je dat?'

'Vind je het gek... die dingen gebeuren,' een gangkast met flessen, 'ze is een beetje aan de drank, denk ik.'

Ze gaan een hoek om, zeven paar schoenen met de hoogste hakken, 'ook met vakantie,' zegt Yvette, 'ze rusten uit.'

In een zijkamer ritst ze met een vinger langs een stapeltje zwart ondergoed, 'daar houdt ze van... (*zachter*) laat ze dat zomaar liggen...' Op de ladekast staat ook nog een scheepje in een fles, daarnaast een sleutel met een vergeetblok in de vorm van een zwaluw, die heeft Abbie per ongeluk uit hotel Angleterre in Normandië meegenomen.

Het Zwitserse tijdschrift *Du* steekt uit de boekenkast, Yvette trekt het eruit, ze heeft het zelf ook nog niet bekeken. Ah, papier voor brood van het merk Peter Pan, een hele verzameling pakpapier heeft Abbie in *Du* bewaard, ook voor sinaasappels uit Valencia, Barcelona en Mexico, helemaal glad met zilveren hoefijzers, een opwaaiende jurk, vuurrood, of een stralende zon.

'...ga douchen... waanzinnige behoefte aan schone kleren,' ze pakt in het voorbijgaan wat ondergoed van Abbie en doet de rest in een la, 'heb jij die kiekjes al bekeken?'

'Nog niet helemaal, alleen om de kleur, vluchtig.'

'Heb je ze wel bij je?'

'Je vroeg of ik ze langs kwam brengen.'

'Toen ik je achter de toonbank zag staan,' lacht ze. 'M'n vriendin laat als het moet haar aansteker ergens liggen, kan ze nog 'ns terugbellen.'

'Koop je toch een nieuwe.'

'Hij is van zilver.'

Roerei met gebakken spek, 't is zo op. Rob zet de bordjes aan het eind van de tafel, om plaats te maken voor de foto's.

'Komen ze nog vaak met die ouderwetse rolletjes?' vraagt Yvette, ze heeft de witte badjas van Abbie nog aan.

'Meer dan je denkt... het duurt niet meer zo lang, alles wordt digitaal.'

Yvette haalt de kiekjes uit de zonnig gele envelop

en legt ze in een slordige waaier op tafel. Er steekt van alles uit en ze pakt waar haar oog op valt.

Een hemelsblauw meer, een victoriaans hotel aan een baai en een groepje lachende vrouwen in jurken van tule, de dikste met margrieten in het haar.

'Ze neemt van alles,' zegt Yvette.

'Dat doen ze allemaal.'

Een rij wandelstokken, Yvette legt het kiekje neer, en dan nog zoveel pleinen en terrassen, waar de twee reizigers niet eens op staan.

Kijk, daar verandert Abbie in een voorbijganger aan wie je vraagt of ze je even wil fotograferen. Met een vreemde camera in de aanslag staat ze recht tegenover een moeder met haar dochtertje van een jaar of acht. Foto van Jan, kan niet anders.

'Ze staan er niet vaak samen op,' zegt Rob, 'meestal alleen, met twee glazen of twee borden.'

'Hadden ze maar met z'n drieën op reis moeten gaan.'

'Dan staat die derde er weer niet op.'

Abbie op een terras, met slingers druiven boven haar hoofd, Jan alleen op hetzelfde terras, maar op een andere stoel, Yvette lacht.

'Ik moet weer naar de zaak,' zegt Rob.

'Wacht even, kijk, hier wel met z'n tweeën, in de bergen.'

'Waarom staan ze zo ver van elkaar af?' vraagt Rob.

'Wat doet dat ertoe.'

'Het is net of iemand heeft gezegd waar ze moeten gaan staan,' hij leunt op de tafel, 'zo geposeerd... niks toevalligs.'

'Misschien wil je in de bergen meer ruimte in beslag nemen,' zegt Yvette.

'Het doet me nog aan iets anders denken.'

'Aan wat?'

Ze kijken naar het gebergte achter het tweetal, de bomen in door de nevel versluierd groen, het spetterende licht van de watervallen. Hier en daar maakt een pluk rechte stammen de foto heel abstract.

'Veel mooier dan die andere foto's bij elkaar,' zegt Rob.

Daar heb je er nog een van Abbie en Jan, op dezelfde plek. Ze staan net iets anders.

Rob graaft met z'n handen in de waaier van foto's, alsof hij iets zoekt.

'Het is niet waar,' hij laat Yvette een man in een zwart pak zien, met een plastic tasje in zijn linkerhand. Je ziet hem en face, een scherp gezicht met dunne wenkbrauwen.

'Dat is Dubout,' zegt hij en legt het kiekje neer.

'Hoe kun je aan zo'n klein fotootje zien wie het is?'

'Stil, ik herken z'n kop.'

'Je kunt hem net zo goed Dubois noemen.'

Rob weigert er grappig over te doen, 'het is een bekende fotograaf.'

Eerst stribbelt Yvette nog tegen, 'en die ontmoeten ze dan zomaar op een berg.'

'Een fotograaf van landschappen, altijd hetzelfde formaat, niet het betrappen van iets vluchtigs of het zoeken van het beslissende moment, als Henri Cartier-Bresson,' gaat hij door, 'nee, de zee, een bos of een berg, het krijgt bij hem iets monumentaals, alsof het altijd heeft bestaan.'

'Sla je niet een beetje op hol.'

'Met een paar mensen erin, om het contrast,' zegt Rob. Hij studeert fotografie op de academie, z'n werk in de fotozaak is maar een bijbaantje.

'De foto zat op het rolletje van Abbie, wat heeft Dubois er dan nog mee te maken?' vraagt Yvette.

Rob loopt naar een schilderij, schuin boven de vleugel. Je ziet een angstig meisje, met een Mexicaanse pop in haar hand, op een stok, alsof ze hem kan laten bewegen.

'Die schilder heeft z'n verf gekocht in een winkel, net als z'n collega's, en toch schilderen ze allemaal anders.'

'Begrijp waar je heen wil.'

'En zo is het ook met fotograferen, doet er niet toe van wie de camera is, het gaat er alleen maar om wie er heeft afgedrukt. Je ziet het verschil met de foto's van Abbie.'

Yvette pakt het kiekje, 'hij heeft het zelf niet ontwikkeld, dat deed jij.'

'Dat doet een assistent, altijd.'

'Heb je z'n foto's wel eens in het echt gezien?'

'Ja, nu.'

'Niet eerder?'

Rob geeft niet meteen antwoord. Om wat in een huiskamer ligt met de hele wereld te verbinden...

'...in het Museum of Modern Art...' zegt hij.

'...hangt-ie dáár... in New York?' vraagt Yvette en je hoort aan haar stem dat ze haar laatste reserves heeft opgegeven.

# Pak me dan

'Yvette!'

Geen antwoord.

'Yvette!'

Nog geen antwoord, ze is net binnengekomen, daar loopt ze in de verte, in een vuurrode jurk. Hoe hard Rob ook roept ze hoort hem niet, z'n stem gaat op in de echo van haar voetstappen. Hij zou naar haar toe kunnen rennen, even laat hij het zo, wat is ze groot en dan die verende passen.

Het is een uur of halfzeven 's avonds, nog maar weinig studenten. Rob wacht in de kantine van de academie, hij heeft net een bekertje koffie gehaald. Ze slaat rechts af een brede gang in, als hij haar nog verder laat lopen gaat ze de trap op en raakt hij haar echt kwijt.

Hij zet het bekertje koffie neer, au, een paar druppels, en loopt vlug de hal in, 'Yvette...'

Nu heeft ze hem gehoord, draait zich om, 'had je me niet eerder kunnen roepen...'

'Heb je het bij je,' vraagt hij als ze aan een tafeltje zitten.

Ze haalt een envelop uit een wit plastic tasje. Daarin zit het negatief.

'Van de bergfoto?' vraagt hij gretig.

'Ja, die.'

'En de tweede zit nog in het mapje?'

'Abbie merkt er niks van, weet zij veel hoe vaak Dubois heeft afgedrukt.'

Rob houdt het negatief omhoog, tegen het licht van een tl-buis, 'en je zei dat ze zo nauwkeurig is.'
'Beginnen we?' ze kan niet wachten.
'Ik heb het al.'
'Wat?'
'Het hangt te drogen.'
'Hangt te drogen wat?'
'Ik had het andere negatief,' zegt hij.
'Zit je me de hele tijd te vernachelen...' ze probeert hem een klap te geven, hij ontwijkt haar.
'...anders duurt het zo lang...' zegt Rob en hij loopt lachend weg.

De donkere kamer is in de kelder. Bij het lantaarnpaalgele licht ziet Yvette het berglandschap aan een lijn hangen.
'Wees maar blij dat je er niet bij was,' zegt Rob, ''t is niet eenvoudig met verschillende temperaturen, dat ontwikkelen...'
'Dat het hier kan,' ze gooit de plastic tas op een bank.
'Het mag hier dan op het stenen tijdperk lijken, dit leer je er wel.'
'Wat is het groot,' zegt Yvette bewonderend.
'Z'n vaste formaat, tachtig bij eenentachtig, een actief vierkant noemt hij dat.'
'Dubois?' lacht ze.
'Ja, Dubois,' hij trekt haar naar de bank en ze zien de foto niet meer.

Op de grote foto zie je Abbie en Jan, hun witte kleren steken scherp af bij het groen van de bomen. Abbie kijkt recht voor zich uit en Jan iets naar links, alsof zich daar iets afspeelt wat belangrijker is dan de hele fotograaf.

De bergtoppen glinsterend wit, alles is zo zwaar, alsof er nooit iets anders heeft bestaan. De woeste stroming van de rivier, tussen een stuk of zeven grote keien en als je naar beneden kijkt, zie je een haastige rode jurk liggen, op de grond, onder de foto.

Wat is dat voor geel? Een paar stippen, vegen kunnen het ook zijn of beter halmen, pointillisme van Dubout, als op een impressionistisch schilderij?

Het zit ook op andere plaatsen, het lijkt wel een weg, nee, voor een weg houdt het te plotseling op, geen enkele verbinding met de andere gele veegjes, of wel?

Het geel heeft iets van draadjes die je vastmaakt aan een tak of een twijg bij het uitzetten van een speurtocht, waar moeten we heen, vlug die kant op, waar is het geel, dat zie je toch, de kinderen rennen er al naartoe...

En rechts onder de foto zie je een arm, die strekt zich uit, een vuist, dan de vingers gespreid, heel slap, de deinende hand zoekt de jurk op de grond.

'Wat staat daar?' vraagt Yvette, 'het lijkt wel 27.'

'Wat?' Rob komt naast haar staan.

'Zie je die gele veegjes?' ze trekt haar jurk strak.

'Die zitten overal.'

Yvette zegt dat het net is of je die gele punten en streepjes met elkaar kan verbinden, langs de bomen, van het water tot de nevelige lucht en om Abbie en Jan heen. Het geel verandert in de bocht van de 2 en de schuine staf van de 7, aan de andere kant, in het gras.

'Leuk bedacht,' zegt Jan, hij kust haar nek en legt een hand op haar schouder.

'Nee, ik meen het, echt,' ze trekt zich los, 'dat heb je ook op die kindertekeningen, overal cijfers en als je ze met elkaar verbindt...'

'...krijg je een huis of een giraf.'

'...en hier 27...'

Ze lopen naar de kantine, Yvette kribbig, omdat Rob niet op het getal is ingegaan.

'We verkopen 'm,' zegt ze en knikt met haar hoofd in de richting waar ze net vandaan zijn gekomen.

'Jij durft.'

'Nee, we doen het, echt, ik heb geld nodig.'

'Zal Dubout leuk vinden.'

'Moet je nog wat laten zien.'

Op een tafeltje legt ze een map. Veel papieren zitten er niet in. Het blijkt dat Dubout zich zelden of nooit laat zien. Hij geeft geen interviews en in een catalogus staan hoogstens wat beknopte persoonsgegevens. Zelfs van zijn woonplaats is zo goed als niets bekend. Soms in de buurt van Bilbao, Branne bij Bordeaux of een van de Outer Hebrides, een eilandengroep voor de westkust van Schotland.

'Net of hij aan één stuk door verhuist,' zegt Rob.

'Naar stille gebieden. Het heeft vast iets met z'n werk te maken.'

Yvette heeft een paar interviews gevonden, van een jaar of twintig geleden, toen hij iets meer de openbaarheid zocht. In die tijd was hij nauwelijks bekend.

'Hier begint hij over iets waar we wat aan hebben.'

Ze laat Rob een vroeg werk zien. Het bestaat uit cijfers, nogal slordig geschilderd, in paren van twee bij elkaar. Als je beter kijkt, zie je dat het Dubouts versie van een nummerboekje bij een garderobe is.

'Wat grappig,' zegt Rob, 'dat kende ik niet.'

Ze bekijken de cijfers, 01-01, 07-07, 16-16, en zo verder, tot en met 126-126, steeds twee naast elkaar, voor de jas en voor de bezoeker, als hij na de voorstelling weer terugkomt met z'n bon.

'Hij heeft iets met cijfers,' zegt Yvette, 'al geloof jij de 27 op de bergfoto niet.'

'Wanneer is hij dan met die foto's begonnen?'

'Zo'n vijftien jaar later,' Yvette wijst naar een paar regels in het gesprek. 'Die bonnen vond hij zo echt, zo reëel, een paar uur gebruikt en hup, al weer weg.'

'Mooi.'

'Zoiets tijdelijks, daar wil hij heel dichtbij zijn en hij dacht dat je het met een foto nog veel dichter op de huid kan zitten.'

'Je weet er wat van,' zegt Rob.

'Ik lees alleen maar iets voor. Hier in een later interview is hij ook niet erg spraakzaam. Luister...'

*U laat zich zelden of nooit zien.*

Moet dat dan? Het gaat alleen om het werk.

*Een toelichting kan helpen.*

Dat zegt u. Als je het daarvan moet hebben, kun je beter meteen ophouden.

*Cijfers komen vaak voor in uw werk.*

Omdat je ze overal ziet, steeds opnieuw. Huisnummers, beurspagina's, voetbaluitslagen of bij de berekening van een neutron in een atoom.

*En bij de prijs van uw werk.*

Als je een getal gebruikt, moet het niet opvallen. U

veroorlooft me dat ik nu ga? We zijn elkaar toevallig tegengekomen en ik ga niet toevallig weg.

'Waar was dat dan?' vraagt Rob nieuwsgierig.

'In een badplaats in Baskenland. Daar kwam een verslaggever hem op een terras zomaar tegen.'

Yvette geeft Rob een paar geprinte foto's, een man in het zwart, met een fijn gesneden gezicht.

'Veel jonger dan op die foto van Abbie,' zegt Rob.

'Hij is tegen de vijftig, schat ik.'

'Iets jonger... vijfenveertig... '

Yvette staat op, 'wil die vergroting nog een keer zien, wel van me afblijven...' lacht ze.

Daar staan ze, op een ogenblik dat alles kan veranderen. Je voelt het. De bergen zien er zo schitterend uit dat Rob en Yvette er stil van worden. Ze begint ook niet meer over de 27, alsof het getal er niet meer toe doet.

'Als ik Abbie nog eens tegenkom...' Rob vlucht in iets eenvoudigs wat er niets mee te maken heeft.

'...ja...?'

'...kan ik zeggen heb nog 'ns in je bed gelegen...'

'...hou op... heb al een afspraak met Murphy's gemaakt...' Yvette zegt het zacht.

'...het veilinghuis...?'

'...ja, gaan we er met z'n tweeën naartoe...'

'Dat weet Dubout meteen als het in een catalogus staat. Er komt haast nooit iets van hem op de markt.'

Yvette doet de deur open en loopt de gang in, 'dacht je dat-ie daarvoor uit z'n schuilplaats komt?'

'Geen makkelijk mens.'

'Die denkt alleen maar dat Abbie hem op de markt

heeft gebracht en dat gunt hij haar wel.'

'En Abbie dan?' vraagt Rob, 'ze staat zelf op de foto.'

Ze lopen in de hal van de academie.

'Als ze het hoort, denkt ze dat Dubout de foto wil verkopen. Wedden dat hij hen ook met z'n eigen toestel heeft gefotografeerd.'

# Murphy's

Hoe laat je een kiekje zien in een woonkamer? Gewoon neerzetten in een boekenkast is het makkelijkst. Dan staat het tussen prentbriefkaarten en foto's van vrienden en bekenden. Het maakt deel uit van een openbaar dagboek, plaatjes uit verscheidene jaren, net of je de tijd te slim af bent.

Yvette zet een waterval naast een lachend jongetje. Even kijken, een vrouw met margrieten op haar hoofd, heel vrolijk, ja, daar, naast het visitekaartje van goochelaar Cardon (*straat- en tafelmagie*), zou hij hier wel eens optreden?

Yvette raakt al gauw meer dan twintig kiekjes kwijt. De telefoon gaat, ene Phia, wanneer Abbie terugkomt, 'volgende week, dag mevrouw.'

Ze haalt een doosje punaises uit een la. In de keuken hangt een prikbord met recepten, een foto van een papegaaiduiker (*puffin*, wat reist Abbie veel), een paar uitnodigingen en ander divers drukwerk. Ze prikt de kiekjes ertussen en nu hoort het hele bord bij iemand die alleen maar voor z'n plezier leeft.

Boven Abbies bed, naast de kapstok, Gijs de poes kent Yvette intussen zo goed dat het dier meeloopt naar de werkkamer. Ze prikt Dubouts kiekje van Abbie en Jan in de bergen pal boven de tafel met papieren. Daar ligt een map naast een recorder. Ze gaat zitten, die heeft ze nog niet bekeken.

Als ze het goed begrijpt is het een verslag van de

geluiden die een piepjong kind maakt, tot de eerste woorden. *Brrr*, *bwah*, *zwum* en andere probeersels staan in rijen naast elkaar, compleet met de datum en het uur, tot op de minuut, waarop de naar begrip tastende uitspraken zijn gedaan.

Ze drukt op een toets van de recorder, raak. Je hoort in de verte mensen praten, de stem van het kind komt erbovenuit.

Hoort ze Abbie ook, ja, daar is ze, 'straks, dat doen we straks,' ze vuurt het meisje nauwelijks aan, 'trim, swoep,' het praat uit zichzelf, misschien het levenswerk van een kinderpsychologe.

Yvette denkt er nog aan als ze met Rob in een kamer van Murphy's op een deskundige zit te wachten. Van die gedachten om de tijd te doden, je hoeft er niet eens moeite voor te doen.

Rob heeft een groen gemarmerde map met grote strikken tegen de muur gezet. Het duurt wel erg lang, ze moeten iets tegen elkaar zeggen, dat zal het goed verpakte werk van Dubout geen schade doen.

'Zeg...' begint Rob.

'Ja...?'

'Ik zag honden... een hondenrenwedstrijd... heel vlug achter elkaar...'

'...zo'n lang lint zeker...' voegt Yvette eraan toe.

'...ze zaten een haas achterna, een nephaas die heel snel wordt voortbewogen...'

'...zie het voor me... hon-den-ren-wed-strijd... je kunt ook gewoon hondenrennen zeggen...'

'...springt er een echte haas op de baan...'

Yvette voelt dat ze moet lachen, ze houdt zich nog net in. Ze zitten hier voor Dubout. Het is al een plan van toeval, veel geluk en een dot dreigend onheil en om dan nog over een haas of een nephaas, wat is het verschil, te beginnen.

'...uit het struikgewas en meteen gaan een stuk of drie honden die echte haas achterna...'

De schouders van Yvette beginnen te schokken, ze schatert het net niet uit, 'ssst, ssst...' ze wijst naar de groene map.

'...de gokkers kregen hun inleg terug...'

'...in die map...' vraagt Yvette.

'...ja...?' lacht Rob.

'...zit daar een nephaas of een echte in...'

Op dat moment gaat de deur open en verschijnt een lange gestalte met sluik blond haar. 'Mag ik meedoen?' hij draagt een grijs pak met een krijtstreepje.

Yvette vertelt het verhaal van de hondenrace en voegt allerlei details toe, 'die nephaas heette Kate...' je kunt ook heel veilig je mond houden, dan verspeel je de kans om van een onbekende vlug een medestander te maken.

'...en zo vliegen twee echte hazen het bos in en rennen al die honden erachteraan...'

'Dat is vlug,' zegt de heer Twisk. 'Zit daar broeder Dubout in?' en hij knikt met z'n wenkbrauwen naar de map in het marmergroen.

Rob maakt de strikken los en wikkelt de foto voorzichtig uit het vloeipapier.

'Dat is 'm,' hij zet de foto tegen de leuning van een stoel, het papier is er stevig genoeg voor.

Twisk gaat er schuin voor staan. Hij zou van alles kunnen vragen, hoe bent u eraan gekomen, is Dubout een vriend of zelfs familie van u, waar heeft u de foto gekocht om vervolgens te beginnen over de perfecte kwaliteit, die kan nooit lang in hun bezit zijn.

Voorlopig zwijgt hij. Rob kijkt uit het raam. Yvette staat op om zo beleefd mogelijk met Twisk mee te kijken. Ze valt vast door de mand, hoe goed ze alles ook heeft doordacht.

'Die is echt,' zegt Twisk alleen maar, 'dat zie je niet alleen, je wéét het...'

Hij pakt een loep en komt heel dicht bij de onderste hoeken van de foto. Geen handtekening, dat ze daar niet aan hebben gedacht.

Twisk trekt een paar witte handschoenen aan en draait de foto om, 'ach, wat stom, Dubout signeert nooit, is ook niet nodig, z'n werk is z'n signatuur.'

Yvette probeert niet te zuchten en Rob is weer naar de foto toe gelopen.

'Het is iets voor Londen,' zegt Twisk, 'een nieuw werk, nooit eerder gezien... laat u het hier?'

'Waarom niet,' zegt Yvette, 'wanneer is die veiling in Londen?'

'Over twee maanden, kan het nog net in de catalogus.'

'Is dat goed, Rob?'

Hij knikt.

'Weet u al ongeveer de prijs?' vraagt Yvette door.

'Moeten we het intern nog even over hebben, denkt u maar vast aan veertig-, vijftigduizend euro. Het kan ook meer zijn. Zover ik me herinner is er nog nooit een werk van Dubout geveild.'

'Voilà,' zegt Yvette, daarom is hij zo gretig.

'Ik stuur u nog wel een formulier voor de details. Hoe komt u er eigenlijk aan?'

Toch nog!

'Mijn vader kent 'm. Hij heeft pas aandelen voor hem verkocht en toen kreeg hij dit werk voor een spotprijs.'

'Wat bijzonder,' zegt Twisk.

'Bij ons thuis kwamen vooral zakenmensen,' gaat Yvette door, 'handelaars in hout, cacao of kleding, daarom ben ik zakenrecht gaan studeren...' Rob kijkt haar aan, Yvette begint gauw over iets anders, '...vindt u die twee figuurtjes in het midden ook niet helemaal Dubout?'

Buiten gaan ze zo gauw uit elkaar dat ze nauwelijks nog iets over Dubout zeggen. Rob stapt op zijn fiets en rijdt naar de academie, 'we bellen nog...' Yvette neemt de tram, alsof ze Twisk en het gebouw waar het wonder is geschied zo snel mogelijk achter zich willen laten.

Het is te makkelijk gegaan. Als de tram een gierende bocht neemt, vermengt zich in de borst van Yvette een gevoel van groot geluk, verdriet over het bedrog en ook nog dat haar hele leven nu voorgoed zal veranderen, door elkaar heen, geen keuze kan ze maken.

Nooit meer oppassen of ander klein werk om aan wat geld te komen. Haar studie afmaken, dat wel, en dan zelf een bedrijf beginnen. Als hoofdvak heeft ze auteursrecht, ze weet nog niet of ze daar iets mee wil doen, al ligt het niet eens zo ver af van wat haar net is overkomen. Wie maakt wat en krijgt er hoeveel voor, dat ze daar nu pas aan denkt.

Ze stapt uit, terug naar Abbie, om voor haar terugkomst de laatste dingen goed te regelen. De kiekjes staan er al, nou de rest nog opruimen, om Abbie bij haar binnenkomst vlug in een goede stemming te brengen.

Nee, eerst de apotheek, helemaal vergeten, daar moet ze nog medicijnen voor Abbie ophalen. Yvette weet niet eens voor wat, daar heeft ze niets over gezegd.

Ze kijkt naar de witte kleding van de heen en weer lopende jonge vrouwen, Hindoestaans, Chinees, Surinaams, het bruin en blauwzwart steken scherp af bij al dat wit. Alleen mevrouw is gekleed in een jurk die niet aan een apotheek doet denken. Zij leidt de zaak.

Ze geeft het recept, een assistente loopt naar een open kast, rechts achter de toonbank. Yvette kijkt er van opzij naar. Er staan flesjes en witte doosjes in, met het etiket gekeerd naar de ruimte. Hier en daar zitten de recepten er afhangend onder en zo is het net of het niet om de medicijnen gaat, maar om de bogen en rechthoeken.

Ze denkt aan Abbie en Jan, in de onmetelijke ruimte. Had Dubout hier ook iets kunnen fotograferen? In de vroege middag, zoals nu, dan krijg je op de achtergrond het lijnenspel van de witte doosjes. Hij zou er misschien een paar hebben verplaatst om met de verschillende hoogtes van de etiketten een getal te krijgen, als de 27 in de bergen. Nee, niet *misschien*, zo *doet* hij het, al denkt Rob er nog zo anders over.

Yvette loopt met een doosje de apotheek uit, de deur zwaait zonder dat ze hem aanraakt open. Ze komt niet vaak in een museum en de stukken in de krant slaat ze altijd over. Waarom vindt ze Dubout dan zo mooi?

Ze steekt over en gaat bij de bakker van Abbie naar binnen. Je moet daar goed op je beurt letten. De vrouw met de sjaal, is ze achter haar of is het de man met de bril, hoe moet je ze noemen. Mensen die je nooit meer ziet, een kop vol sproeten, een man met een T-shirt van een universiteit, een jongen tuurt naar het lijstje dat hij straks zal voorlezen.

Yvette heeft intussen heel wat foto's van Dubout bekeken. Bij de echte, die ze naar Murphy's hebben gebracht, was het of... ach wat, het gaat om het geld, ze wil zich verder niet in zijn werk verdiepen. Of zou hij die croissant, ze koopt hem net, ook als een deel van iets groters fotograferen?

Het bord voor scrabble, ze doet het niet in de doos. Sommige dingen moeten in een huis onaf blijven. Abbie kan er straks zo weer mee verder, het opengeslagen woordenboek, waar is dat zwarte ondergoed? Yvette haalt het uit de la en legt het weer naast het scheepje in de fles. Je weet maar nooit of Abbie zo'n slordige plek onthoudt, misschien ligt het daar altijd wel.

Telefoon, 't is Rob, die zal wel over de schat beginnen. Hij noemt z'n naam, maar verder zegt hij niets. Ze hoort dat hij bloost.

'Is het je te veel geworden?' vraagt Yvette.

'Je hebt gelijk.'

'Altijd,' zegt ze plagerig, 'en met wat nu weer?'

'Met de 27ste... die zag je in de bergen... dat hele werk gaat over letters.'

'Begin jij nou ook al?' vraagt ze. Het klinkt ernstig, alsof Rob aan iets raakt wat ze er na Murphy's niet meer bij kan hebben.

# De waaier

Ze doet de deur van Abbies huis achter zich dicht en loopt naar Rob toe, hij kan niet weg uit de fotozaak. Het leek zo goed geregeld, foto, veilinghuis, geld en nu komt er met die letters iets bij wat ze niet kan overzien.

Bij haar thuis draaide het altijd om geld en niemand deed er moeilijk over. Haar vader is effectenmakelaar, een spannend beroep, met al die koersbewegingen, duidelijk en toch onvoorspelbaar.

Het zebrapad, die fietsers denderen maar door, je niet opwinden, ze doet het zelf ook. Een broer van haar vader is reclame-chef bij een groot warenhuis. Toen ze een jaar of zeventien was, werkte ze in de vakantie op de parfumerie-afdeling, de aarzeling van een cliënte, de prijs was net iets te hoog.

'Denkt u er anders nog even over,' dat hielp altijd, natuurlijk kon mevrouw zich de dure parfum veroorloven, wat dacht die verkoopster wel.

Hoe kunnen foto's over letters gaan? Ze zal het straks wel horen. Haar oom ging een keer lunchen met Donald O'Malley, een beroemde copywriter. 'Waarom ga je niet mee?' vroeg hij, 'dan steek je er nog wat van op.'

O'Malley, een Ier met echt rood haar, had een boek over zijn vak geschreven. De vertaler was er ook, 'heb er een halfjaar over gedaan,' zei hij trots.

'Dat verwondert me,' antwoordde O'Malley, 'ik heb

het in drie weken geschreven.' Dat had ze onthouden, als je iets onderneemt, moet het nooit te veel tijd kosten. Meteen toeslaan, geen zijwegen, die letters moet ze vlug uit Robs hoofd praten.

Daar heb je de fotozaak, een oude winkel. Rob vertelde dat de Duitsers er ook kwamen met hun kiekjes. Van alle rolletjes maakte de eigenaar een extra afdruk voor het verzet.

Klingel, klang, niemand te zien, ze loopt door de winkel, Rob zit in het rommelige achterkamertje. Op een tafel ligt een groot aantal foto's, wijde landschappen, echt Dubout, gekopieerd uit tijdschriften, messcherpe kwaliteit. Rob is een vakman.

'Wat bedoel je in vredesnaam met letters?' vraagt Yvette geërgerd.

'Wacht nou even... kijk eerst eens door die loep.' Rob wijst naar een foto van een donker landschap, het licht tinkelt erin.

Hij pakt een andere loep en nu kijken ze met z'n tweeën.

'Zie je het?' vraagt hij.

'Wat?'

'Die schaduw, daar in de verte...'

Ze haalt haar schouders op, het is overal verte, ze weet niet welke plek hij bedoelt.

De bel klingelt, Rob staat op, 'als je goed kijkt, zie je een 4,' en verdwijnt in de winkel.

Zit ze hier alleen, terwijl ze bij Abbie op moet ruimen. Wat hebben ze nog aan die cijfers, het gaat om de verkoop, om het geld.

Ze speurt het donkere land zorgvuldig af, als ze hem daar een plezier mee doet. Er gebeurt niets in het zwart tot ze, niet ver van de horizon, een soort tractor ziet staan. Vrij klein, zoals altijd bij Dubout.

Schaduwen van wolken... die ziet ze ook... waar nu naar toe... en dan is hij daar, vlak bij het landbouwwerktuig, de schaduw in de vorm van een 4, scherp, ze hoeft er geen moeite voor te doen.

Een bijkomstigheid, meer niet, en toch voelt Yvette dat Robs ontdekking hun plannen gaat tegenwerken, hoe gunstig het bezoek bij Murphy's ook is uitgepakt.

'Heb je het gevonden?' daar is hij weer.

'Ja, die 4... so what?'

'...zie je het niet...' zegt Rob, '...rechts beneden heeft hij de D gezet...'

'...in de marge...'

'...de letter D... de vierde van het alfabet...'

Hij laat nog een paar foto's zien. Acht schoolkinderen, op een renbaan staan elf paarden en aan een lijn hangen drieëntwintig knijpers.

'Hij houdt van tellen,' lacht Yvette, 'dat weet je.'

Rob wijst naar de rechter benedenhoek van de drie foto's en daar zie je een H, een K en een W.

'Hij heeft het er duidelijk op geschreven en ik heb er nog nooit iets over gelezen.'

'Misschien zijn het letters van een serie...' zegt Yvette.

'...dan wel van 26 letters...' Rob pakt de foto van Abbie en Jan in de bergen, hij heeft 'm ook op een kleiner formaat, 'en wat zie je hier?'

De bel klingelt, 'de 27ste...' ze roept het Rob achterna, en kijkt naar het getal van speurtochtstippen, over het hele veld, tot in de hemel en de rivier.

Ze zit rechtop, waar is die 27ste letter dan? Hij staat niet in de benedenhoek, als op de andere foto's, hoe zou het ook kunnen, Dubout heeft deze print nooit gezien. Als Twisk daarachter komt, dan hangen ze alsnog, de foto is niet af.

Ze doet het raam open, kijkt naar de binnentuinen en de balkons aan de overkant, zoekt naar een detail in het geheel, een merel, een beuk, net als Dubout.

Bij de bergen blijven, ze heeft de foto nog in haar hand. Bestond de letter ooit werkelijk of is het een illusie van Dubout? Geen nephaas, maar de echte, waarom niet.

Nu begint het, ze moet zich er wel in verdiepen, het raakt niet meer uit haar hoofd. Werd de 27ste eerst gebruikt, toen verboden en daarna vergeten... en dan moet er iemand als Dubout aan te pas komen om hem weer tot leven te wekken, of heeft hij hem gewoon zelf verzonnen?

'Vier pasfoto's,' zegt Rob, 'het was een hele familie,' hij grist de foto van de bergen uit haar handen.

'...wat voor letter zou het zijn... en op welke plaats?' vraagt Yvette, ze moet wel.

'...in een woord hebben letters geen vaste plaats...'

'...nee... maar ze komen wel vaak dicht in elkaars gezelschap voor... denk aan schr... bl... of qui...'

'...o, zo...'

Yvette loopt naar het raam en doet het dicht, niet omdat het koeler is geworden, zomaar, om even iets met haar handen te doen. Het loopt volkomen anders dan ze dacht.

'Het is ook een beetje link,' zegt Rob.

'Hoezo link?'

'Stel dat je hem vindt, die 27ste... dan willen ze hem vast ook gebruiken...'

'Hou op,' zegt Yvette, 'moet de hele taal aangepast worden.'

'Dat is minder gek dan je denkt... zit veel geld in, daar is Twisk kinderspel bij.'

Ze zijn op een terrein beland waar alleen vermoedens en geen zekerheden hen de weg kunnen wijzen.

'Je hebt van die Engelse woorden,' zegt Rob, 'met letters die verdwijnen als je ze uitspreekt...'

'...welke dan...'

'...denk aan though, of met een t erbij thought...'

'...je ziet ze wel op papier...' zegt Yvette.

'...ze klinken anders... hij kan heel goed iets verbergen... had het erover dat het verbleken van een foto een soort smelten is... een laagje lost op, net niet vloeibaar...'

'En zoeken we dan een in het niets opgeloste klinker of een medeklinker?' vraagt Yvette.

'Een klinker, daar zijn er al zo weinig van...'

'...iets daartussenin...'

'En als we 'm hebben, wat dan?' vraagt Rob op zijn beurt.

'...kom je niet meer vooruit, worden de regels te zwaar...' lacht Yvette.

'...of de taal gaat aanlopen, als een wiel...'

Er is zoveel verdwenen, verstopt, vervaagd, dat Rob een proef te binnen schiet. Zes mensen staan met een bal in een kamer, drie in het wit en drie in het zwart. De proefpersonen moeten onthouden hoe vaak de witte spelers de bal naar elkaar toe gooien.

'Ze tellen, tien, twaalf keer. En wat blijkt? Een gorilla liep tussen de spelers door en niemand heeft 'm gezien.'

'Afgeleid door het tellen,' zegt Yvette.

'Kijk het maar na... theinvisiblegorilla.com, dan heb je de hele show.'

'Nu even niet,' ze moeten de letter vinden, anders wordt het niets bij Murphy's.

Yvette loopt naar een oud schoolbord, pakt een krijtje en begint te schrijven, *pa-ra-plu*, als stond het in een leesboek voor beginners. Vooruit nog een, *tie-re-lan-tijn*, ze krijgt er schik in, *schou-der-blad*, 'het is net of ik een waaier openmaak.'

'En wat wil je dan met die waaier?'

'Kijken of er iets in zit.'

'Kun je lang wachten.'

Haastig pakt Yvette de foto, ze zoekt overal, in het water, de bergen, de lucht, waar is de onbekende letter? Geen aanwijzing te vinden, alleen dat getal...

'En als we hem vinden, dan geven we hem weg,' gaat Rob door.

'Aan wie dan?' Yvette is gaan zitten.

'De makers van het dikste woordenboek,' lacht Rob, 'de 27ste wordt onmisbaar...'

'Ben jij gek... ik houd hem...'

'...denk aan de eer... misschien ben jij het zelf wel...' Rob probeert haar te omhelzen.

'...is het je hart...' ze loopt van hem weg.

'...is het een meisje van tien...'

'...een jongen...'

'Alle kans dat we hem gewoon horen,' zegt Rob, hij steekt een vinger omhoog.

'...moeten we het dan niet zo laten...'

'...ik wil hem op papier...'

De bel klingelt, niemand loopt naar de winkel. Stikkend van het lachen liggen ze in elkaars armen.

# Santa Lucia

Abbie heeft voor Yvette oorbellen meegenomen, cirkels van albast, met een oog of is het een doolhof zonder dat je een uitgang hoeft te zoeken, een lus, met één opening.

'Wat mooi,' zegt Yvette. Ze loopt naar de moet in de gang, waar eens een spiegel hing en doet of ze erin kijkt, 'ga wel even naar je werkkamer...'

Abbie loopt achter haar aan. De koffers zijn nog niet eens uitgepakt.

'Ze staan je goed,' ze kijkt over Yvettes schouder mee. Dan loopt ze naar het kiekje in de bergen, boven de werktafel, 'heb je het hier opgehangen...'

Yvette pakt een speld en steekt haar haren op, dan kun je de oorbellen beter zien, 'was het er druk?'

'Moet je een ander zoeken om je te fotograferen,' Abbie tikt met een vinger tegen de foto.

Ze loopt met iets in haar tred van 'het blijft mijn huis' langs de boekenkast, 'wat heb je ze goed neergezet,' de bruid met de margrieten, 'of ik in m'n eigen huis dubbel besta...'

In het voorbijgaan drukt ze op een knop van de cd-speler, *Kinderszenen*, 'vind je die ook zo mooi?'

'Heb toen je weg was niets anders gedraaid.'

Abbie doet het stapeltje ondergoed in een la, het kiekje met de moeder en haar dochtertje van acht, 'ze stond maar niet stil,' en dan komen ze weer in de werkkamer. Als je maar lang genoeg doorloopt moet dat wel een keer gebeuren, zoveel zijpaden zijn er nou ook weer niet.

De cassetterecorder, Abbie drukt hem in. Haar eigen stem, de stem van een kind, 'splatz, trriek...' 'Daar was ik toch niet gebleven?' vraagt ze.

'Nou, nee eh...'

'Hindert niet, ik zou het ook doen...'

'...frats, blam...' zegt het kind op de recorder.

Wanneer is het oppassen voorbij? Er is voor Yvette niets meer te doen, dat voelen ze alle twee. 'Ze zijn van Santa Lucia, die oorbellen,' zegt Abbie.

Om iemand die drie weken op je huis heeft gepast er zomaar weer uit te schoppen, dat kan niet, of het kan wel, maar je doet het niet, Abbie in elk geval niet. Soms weet je niet eens waarom je graag hebt dat iemand bij je blijft.

'Zou je nog iets voor me willen halen?' vraagt Abbie, 'heb vanaf het vliegveld een paar vriendinnen uitgenodigd, voor de lunch...'

'...o... eh...' daarin zit alles: heb er genoeg van, ben ook hoogst nieuwsgierig, waar loopt het op uit, hand naar een oor, ze geeft me Santa Lucia...

'Heb je medicijnen nog,' zegt Yvette. Ze geeft het doosje aan Abbie en die legt het weg zonder dat ze het bekijkt.

Aan het eind van de lunch haalt Abbie de recorder uit haar werkkamer. Ze spoelt de tape een stuk terug. 'ploff-plofff,' nog verder, 'kliert, pfam,' draait door 'wacht... nog even...' en dan hoort het gezelschap van vier hetzelfde praatkind vrij duidelijk 'dij' zeggen.

'Hoe oud is ze?' vraagt Phia, een vertaalster van

filmdialogen. Yvette heeft haar een keer aan de telefoon gehad en nu krijgt ze haar gezicht erbij, veel sproeten, en haar lijf niet te vergeten, erg lang. 't Is een jeugdvriendin van Abbie.

'...toen veertien maanden... nee, een dag of drie jonger,' preciseert Abbie, 'zegt ze iets of is het alleen maar een klank...?'

'...heb je daar je hele vakantie aan gedacht...?' vraagt Riekje, de vriendin van Phia.

'...soms...'

'...ze zegt duidelijk dij,' helpt Phia, 'al weet je het in een sliert van klanken nooit helemaal zeker...'

'...je zat naast het meisje...' zegt Yvette, 'wees het niet ergens naar...'

Dat wil Abbie horen, ze kijkt Yvette aan, 'het kind wijst naar alles, maar d'r zit nog geen richting in...'

'...'t kan overal naar wijzen...?' herhaalt Phia.

'... meestal naar een lege plek... dat wijzen is min of meer zelfstandig geworden...'

'... de stand van sproeten op een dij...' zegt Riekje en ze kijkt steels naar de arm van Phia, '...altijd zo scheef van elkaar en toch dichtbij... je kunt er nooit één aanwijzen...'

'...dan zitten er van die kleintjes op...' zegt Yvette.

'...weet je niet of je ze mee moet tellen...'

'...mee kúnt tellen... zo'n wolk...'

'Gaat het,' zegt Phia, ze doet haar armen met de sproeten over elkaar en kijkt naar Yvette, 'wat heb je een mooie oorbellen...'

'Kon je op het eiland krijgen,' zegt Abbie, 'Santa Lucia...'

'De martelares,' zegt Riekje, 'ze kwam op voor haar geloof en de Romeinen waren daar tegen,' maakt een gebaar langs haar hals, '...dolk door haar keel...'

Het gezelschap kijkt Riekje verbaasd aan. Yvette weet niet goed hoe zij haar hoofd moet houden nu ze in Lucia is veranderd.

'...twee ogen op een schaal...' gaat Riekje verder, '... zo wordt ze vaak afgebeeld... het zit in haar naam... de heilige van het licht...'

Het liefst was Yvette allang opgestapt, ze moest wel ingaan op Abbies verzoek om te blijven. Het zou te abrupt zijn, ineens weg, ze moet de indruk wekken dat er niets aan de hand is.

Abbie loopt de gang in, korte stappen van iemand die in haar eigen huis nog haast heeft. Phia en Riekje kijken zo openlijk naar Yvette dat de hitte op Lucia's wangen slaat.

Ze staat op en zet de balkondeuren open, dan krijgt ze tijd om na te denken. Wat hier wordt gezegd, 't is iets heel anders dan wat er in het echt gebeurt, de dievegge aan de lunch bij de vrouw van wie ze een schat heeft gestolen. Als ze iets opschrijft heeft ze het soms ook, net of het belangrijkste nooit op papier komt.

Abbie heeft een krant gehaald en ook nog een kiekje, 'toen Riekje over Santa Lucia begon...' ze kijkt even naar de oren van Yvette, '...moest ik denken aan een foto die van Jan en mij op het eiland is gemaakt...' De kiekjes in huis heeft iedereen al bekeken, heel vlug, Abbie maakte er nauwelijks werk van.

'Liepen we daar in de bergen en wil je op de foto... samen...'

'...hebben we ook vaak,' zegt Phia en ze kijkt naar Riekje.

'...schieten we in een berghut een man aan, helemaal in het zwart... o ja, hij wilde het meteen doen... het duurde alleen veel langer dan gewoon...'

'Hij maakte er echt werk van,' vermoedt Phia.

'Ook van jou,' zegt Riekje.

De foto gaat van hand tot hand. Phia staat op en wil hem aan Yvette geven, 'heb 'm al gezien, toen ik 'm ophing.'

'Zag je soms ook die foto van hem alleen?' vraagt Abbie en ze draait zich naar Yvette.

'Welke?'

'Die zit er niet bij, dacht ik, tussen al die kiekjes...'

Phia geeft de bergen aan Abbie, 'toen hij wegliep, heb ik hem gefotografeerd... doet er niet toe... ik heb een andere en daar zullen jullie van opkijken...'

Nu wil Yvette weggaan, maar wie weet wat Abbie nog meer over de onbekende fotograaf heeft ontdekt. Ze gaat zitten, dit mag ze niet missen.

Abbie slaat de krant open, huis in vlammen, streekblad van het eiland. Ze bladert nog even door en vouwt de krant dubbel, '...daar staat-ie...'

Yvette ziet hem meteen, al maakt Dubout nog zo slordig deel uit van een groepje mensen op een plein, vlak voor een gebouw. Een man in het zwart, Abbie wijst naar hem.

'Het is een museum met Italiaanse schilderijen,' gaat ze door, 'net gerestaureerd... het verbaasde me niet eens dat onze fotograaf daar stond. Hij moest toch ergens op het eiland ronddwalen.'

'Ben je hem gaan zoeken?' vraagt Phia.

'Nee, dat niet. Ik dacht aan wat hij ons daar in de bergen vroeg.'

'En wat was dat dan?' vraagt Yvette.

'Wat vind je het mooiste getal? We hadden er niet zo

gauw een antwoord op. Hij wel, 27, het zit vol beloftes, dan kan je alles volgens hem. Wat zou jij kiezen?' vraagt Abbie aan Phia.

'...26 misschien...?'

'Toe maar, meteen het hele alfabet,' zegt Riekje.

Weer wil Yvette opstaan, ze voelt het aan haar knieholtes en nu doet ze het ook en neemt afscheid. Die Riekje weet veel van de kunsten met haar Santa Lucia. Als ze beter naar de foto kijkt, neemt ze voor je het weet de afslag naar Dubout en dan is het nog maar een paar stappen naar de 27ste en de waarde van de foto.

Ze loopt door de regen, haar rode paraplu soms niet eens boven haar hoofd, alsof de stralen er af en toe bij mogen horen, bij wat zich in haar hoofd afspeelt, mee mogen dansen, stukslaan op de uitbreiding van het alfabet.

Aan het geld denkt ze niet meer. Alles is er zo scherp vandaag, de speelgoedwinkel op de hoek, de broodjeszaak met die lekkere kroketjes, de geur is net niet aangebrand en dan het plein dat je over kunt steken. Het heeft een naam, rondom zijn er huizen, straten, je ziet iets, je kunt het benoemen. 't Schemert vast nog door hun gesprek heen, de foto en misschien ook al de 27ste of zijn ze het al vergeten?

Ze slaat een hoek om, 't is of ze deel uitmaakt van iets in wording, zo voelt het, of ze mee beweegt naar iets wat ze nog niet kent en toch verlangt ze er al naar.

Daar heb je een zaak die naambordjes verkoopt, ze liggen in de etalage, ook nog van dat witte, gebogen email met zwarte verf beschilderd. Yvette gaat naar binnen, 'heeft u wel eens van de 27ste letter gehoord?'

‘Nee,’ zegt de man, ‘nog nooit, maar het is een idee.’

‘Hoe zou die eruitzien?’ vraagt ze lachend.

‘Goeie vraag.’

Een herfstblad, lang geleden als bladwijzer gebruikt, het waait uit een boek de tuin in, tussen de andere herfstbladen, waarom ziet ze dat nu voor zich hier in de regen. Op Valentijnsdag kreeg ze van een jongen een suikerhart, op een feest in een boksschool. Ze liep alleen naar huis, in gedachten, en toen ze thuiskwam was het hart er niet meer, ze had het opgegeten.

Het begint harder te regenen, ze blijft onder haar paraplu. Dat getal in het landschap, zo mooi, ’t hoort bij de optocht van bladeren en suikerharten, de glazen die ze met een vriendinnetje eens op de trap had gezet. Hele rijen op de treden, achter elkaar, het licht fonkelt erin.

Daar heb je de fotowinkel van Rob. In het portiek ernaast schuilt een man voor de regen, ze klapt de paraplu dicht en geeft hem aan de man. Hij steekt hem weer op en loopt weg onder het rood. Meestal zijn ze zwart, paraplu’s, de zwarte doos in een vliegtuig is rood en werd door de heer Black bedacht.

# Naar het eiland

'Wat heb jij?' vraagt Rob, als ze binnenkomt. Een man en een vrouw staan te wachten bij de paraplubak, het regent te hard om naar buiten te gaan.

'Zirk, tras.'

'Pardon?'

'Plaff, trum, net het begin van de taal meegemaakt.'

'Bij wie?' vraagt Rob verbaasd.

'Bij Abbie thuis, daar moest ik toch heen, ze is kinderpsychologe.'

'Zei ze verder nog wat?'

'Hoe vind je m'n oorbellen, ik heet nu Lucia.'

'Ga jij 'ns mee naar achteren.'

'De man van de naambordjes was niet eens verbaasd, toen ik over de vorm van de 27ste begon. Hij zei alleen maar "Goeie vraag".'

'Naambordjes... waar heb je het over... moeten we het soms laten schieten?' vraagt Rob voorzichtig.

'De foto? De 27ste?'

'Het windt je nog al op.'

'Zolang we de 27ste niet hebben, is alles wat we zeggen onzin,' zegt Yvette.

'Hoe weet je dat?'

'Dat denk ik.'

'Dan is je vraag dus ook onzin, daar zit de 27ste niet in... 't is maar van een fotograaf en die weet ook niet alles.'

'...en waarom zouden het er dan 26 moeten zijn...' houdt Yvette vol.

'Dat is nu eenmaal zo.'

'Waarom geen 24.'

'Ja, of 17... dacht dat het jou alleen om het geld ging.'

'Laten we morgen of op z'n laatst overmorgen weggaan. Dat eiland is niet groot en met die foto van Abbie vinden we zo de goede plek.'

Rob hoort dat het haar ernst is. Misschien is het gevaarlijker dan ze denkt, raakt ze eraan verslingerd, wil ze niets anders meer dan de letter van Dubout. 'Ga eerst maar rustig alleen... en praat er niet te veel over.'

Hij heeft een wereldkaart opgehangen in het achterkamertje. Z'n grootvader hield de gevechtslinies in de oorlog bij met punaises en zo doet Rob het nu met Dubout, 'dan worden z'n reizen overzichtelijk en krijg je een mooi golvend gebied.'

Yvette is weer wat rustiger, 'ik was door die lunch bij Abbie helemaal in de war.'

'...je denkt misschien dat de taal je ontglipt...'

'...nee, dat was het niet...'

Ze zoekt Galicië, waar ligt het, in het noordwesten van Spanje, de blauwe punaise zweeft erboven, nee, iets verder, raak!

Ze kijkt er van een afstand naar, 'zeg... die Abbie is slimmer dan je denkt.'

'O, ja?' vraagt Rob, hij prikt een gele punaise in de heidevelden van Devon, een eenzaam gebied, typerend voor Dubout.

'Ik kreeg de sleutel van haar huis, als oppas, en toen vertelde ze meteen hoe ze een trapleuning zag ontstaan. De hand van een klein meisje ging ernaartoe, ze pakte 'm en liet haar vingers voor het eerst over die leuning naar beneden glijden.'

'Hoe wist Abbie dat het voor het eerst was?'

'Had ze zeker bijgehouden.'

Ze doen een paar stappen terug en bekijken de kaart, Galicië met even verder Baskenland, dan schiet het schuin naar boven, de Camargue met z'n wilde paarden, Devon, het eiland Lewis, vlak bij de Schotse kust, terug naar Spanje voor Catalonië, naar het kasteel van Blaignac bij Bordeaux, losse plekken, zonder verband.

'Hij is zelfs op Norderney geweest,' zegt Rob, 'zo'n Duits waddeneiland,' en prikt z'n punaise iets te laag in de zee.

'Ik voel me net z'n assistent,' zegt Yvette, terwijl ze de punaise van Abbies eiland losmaakt en hem iets meer in het midden plaatst. 'Wat doet die eigenlijk?'

'Hij vult de plekken langs de grote lijnen. Hoe is het met je studie?'

'Met het recht? Geen tijd voor nu...'

Yvette kan zich de vlucht naar het eiland net veroorloven. Het kost een smak geld, ze ziet wel. Ze had Twisk nog aan de telefoon, Londen was enthousiast, ja, alles gaat door en veel meer had hij er niet over te zeggen. Waarom zou hij ook, ze moeten zoveel werken verkopen.

Vlak voor ze wegging belde Abbie om nog een keer te bedanken. Over de foto en het alfabet begon ze niet meer, voor de drie vriendinnen een plezanterie, meer niet.

Ze zijn al een halfuur in de lucht. Het vliegtuig is voor driekwart bezet. Ze kwam wat laat binnen en dan kijkt ze of ze iemand kent en waarachtig, de zwarte presentatrice, die zo mooi Vlaams spreekt, daar voor het raam. Ze zei net iets tegen de vrouw naast haar,

‘...is geboren uit angst dat niemand meer met je wil als je ouder wordt...’

‘Wat is geboren?’ vroeg de vriendin afwezig.

‘...het huwelijk...’ Yvette liep door, hoorde ze niet meer.

Je ziet altijd één of twee bekenden in een vliegtuig, zei haar zus Brigit, net zoals je zeven littekens hebt, elk met een verhaal. Er ging nog een man naast haar zitten, met pak, grote bril en vlinderdas, overal is plaats, gebaarde Yvette, nee, het moest hier, de stoel voor het raam had hij gereserveerd.

Een tijdschrift op haar knie, meer advertenties dan artikelen. De ontdekking van de stoelleuning, Abbie praatte maar door over het begin van de taal. Een nichtje viel van de trap. Ze was anderhalf, had erg gehuild, kon nog niets zeggen over wat er net met haar was gebeurd, nauwelijks een woordenschat.

Een paar maanden later liep ze op de trap. ‘Pijn... hier...’ zei ze, meer niet. Al die tijd zat het in haar hoofd, een verhaal zonder woorden, en ineens kon het kind er iets over zeggen, ‘het ontroerde me diep,’ zei Abbie, ‘het was net of je in haar eerste begrippen keek.’

Yvette wringt het tijdschrift in het netje en draait haar stoel iets naar achteren. Praat de man naast haar in zichzelf?

Rob komt over een paar dagen, hij moet nog van alles regelen. Een hotel heeft ze niet gereserveerd. Ze ziet wel als ze over een paar uur aankomt, ze heeft meestal geluk.

Gistermiddag heeft ze op de kinderen van haar zus Brigit gepast, Joost en Margriet. Rob was er ook nog even, grote pret, vooral met Margriet.

Een eigen taal hebben ze niet, die hoor je soms bij tweelingen. Het alfabet kennen ze allang, een paar letters krijgen een eigen toevoeging. Joost tekent een kruisje vlak boven de a en bij Margriet is er geen verschil tussen de s en de z, 'ze suizen alle twee.'

'Hoeveel letters zijn er?' vroeg Yvette.

'26,' in koor, ze wisten het meteen.

'En als we er één bij doen?'

'Dan worden het er 27,' zei Joost, alsof Yvette alleen maar een som opgaf, 'dat ga ik aan juf Femke vertellen.'

Margriet begon te tekenen en zo zag Yvette hem voor het eerst ontstaan, een X met in de onderste driehoek een o, 'dat is het wiel,' zei Margriet, 'dan kun je er overal mee naartoe rijden.'

'Hebt u dit laten vallen?' vraagt de man en houdt haar een modieuze leesbril voor met schildpadmontuur.

'O, die,' zegt ze, ontwakend uit haar halfsluimer, 'keek u toevallig naar de grond?'

'Je ziet wel eens wat,' lacht de man, 'voorzichtig ermee, je zult hem wel vaak nodig hebben.' Nu vraagt hij vast naar wat ze doet en daar heeft ze geen zin in. Hij wacht even en dan begint hij over iets heel anders.

'U bent zeker eerder op het eiland geweest,' geen vraag en ook geen opmerking, iets daartussenin.

'Nee, nog nooit.'

'Ik dacht het te zien aan uw oorbellen,' Yvette is klaarwakker, de man weet er iets van.

'Die heb ik cadeau gekregen.'

'Dan wel van een vriend die op het eiland is geweest,' hij prevelt het voor zich uit, iemand die alleen woont en gewend is in zichzelf te praten.

'Ik ben juwelier, ziet u. En op het eiland heb je een steen, die je nergens anders vindt, de Vert d'Orezza, met zeldzame kleuren, blauwgrijs of noem het anders maar smaragdgroen. Nee, geen albast, zoals bij u...'

'...dat is de Santa Lucia,' zegt Yvette vlug.

'Ja, ik zie het. Op het eiland zoek ik ringen en armbanden met de Orezza, die vind je nauwelijks bij ons.'

'Er is veel vraag naar?'

'Dat kun je wel zeggen en door al dat speuren ben ik erg gevoelig voor kleur geworden,' weer zegt hij het half voor zich uit.

'Mag ik dat tijdschrift even? Kijk eens naar die zwart-witfoto, ze staan er niet eens meer zoveel in. Twee kinderen, met de moeder achter hen.'

'Wat is er met ze?' vraagt Yvette.

'De tafel is blauw, de gordijnen geel en de jurk van het meisje is felrood.'

'U ziet de kleuren door het zwart-wit heen?'

'Altijd,' zegt de man. 'Soms denk ik wel eens dat ik ook aan een schaduw kan zien van welke kleur hij komt. Zou u die dragen, twee schaduwen?'

'Hoe... aan m'n oor?'

'Kort van boven en wijd van onderen, bijna als een rok. Daar kan ik dan lang mee rondlopen voordat ik er iets mee doe.'

Hij vertelt dat hij altijd kijkt naar een bepaalde rubriek in een weekblad. Zie je een schaduw en dan moet je raden waar die bij hoort. Het kan van alles zijn, een driewieler, een aardbei, een wolkenkrabber en meestal raadt hij het goed.

'Kijk, daar,' roept Yvette, 'we hebben niet eens een

foto nodig,' en ze wijst langs de man heen. Ze vliegen pal boven een gebergte en daarop zie je de schaduw van tientallen wolken, gebold en vlokkig aan de randen. De langste lijkt sprekend op een hamburger.

'Heeft u wel 'ns iets met letters gedaan?' vraagt Yvette.

'Wie niet, maar niemand is er ooit echt uitgekomen.'

'En wat denkt u van de 27ste?'

'Hoe mag die er dan wel uitzien?' vraagt hij.

'Dat weet ik zelf ook niet.'

'Ai, nog beter. Mag ik u iets anders laten zien?'

Hij haalt een metalen cirkel uit zijn tas. Met koordjes zijn er een stuk of twintig ringen aan vastgemaakt. Hij beweegt het voorwerp rammelend heen en weer.

'Waar dient het voor?' vraagt ze.

'Om de maat te nemen van een vinger.'

'Nog nooit gezien.'

'Een vrouw krijgt een ring cadeau, die past niet en dan komt ze bij ons om iets van de bos te passen,' hij kijkt naar Yvettes handen, ze draagt geen ring.

'Dan moet de passende ring zeker opnieuw worden besteld.'

Hij doet de bos weer in z'n tas, 'je mist altijd iets en daar moet ik dan in voorzien, zoals het alfabet tot nu toe uw 27ste mist. Je doet iets in stilte en aan het eind kom je er pas achter hoe schitterend het is.'

'Zo kun je het zien,' zegt Yvette verbluft. Dit verwacht ze niet van een juwelier. Eerder iets over geld.

'Wat je ook maakt, het is net een gedachtesprong, je hipt van het een naar het ander.'

'Een juweel is voor u een gedachte?' vraagt ze.

'O zeker. Als je je maar nooit superieur voelt aan

wat je maakt. Je probeert de ring of de letter die je zoekt te dienen.'

Nu hij dit zegt probeert Yvette z'n gezicht te zien. Hij prevelt door en blijft recht voor zich uit kijken.

'Pas dan vind je iets moois zonder dat je er zelf nog in voorkomt.'

# Lettergrepen

Femke loopt op weg naar school langs een bioscoop uit de jaren dertig en altijd blijft ze even staan, aan de rand van het trottoir. Art deco, zo zou je het kunnen noemen, drie geruwde pilaren, vlak voor de gevel, en dan nog wat krullen van smeedijzer, overbodig en toch raak.

Jammer dat er geen films meer worden gedraaid. Ze is er één keer geweest, met haar moeder, een jaar of acht was ze toen. *The Railway Children* heette de film, over een vader die ten onrechte in de gevangenis zit en z'n vrouw en dochters maar wachten op het perron, eens zou hij terugkomen, dat gaf moed.

Binnen is alles weggebroken, de kassa, de hal, de hele zaal, overal staan koelkasten en wasmachines, alleen de gevel doet nog denken aan de film. Hier moet ze de hele klas eens mee naartoe nemen, dan leren ze hoe een ruimte steeds anders wordt gebruikt.

Nu nog een hoek om en dan kan ze de school al zien. Wat ligt daar bij de tweedehands boekwinkel?

Ze loopt naar de etalage, een paar vrouwen met hoofddoek gaan haar voorbij. Een kinderboek uit haar jeugd, 't is opengeslagen bij een paar illustraties in kleur. Een zilveren deksel en even verder is het deksel opgetild en zie je het hoofd van een clown op een bord, ze lacht. Z'n lijf en benen zitten onder de tafel, die zie je niet, het kleed hangt tot op de grond.

De vrouwen met de hoofddoek lopen al een eind

verder, veertig, vijftig meter, net of het kinderboek tussen hen in zit, daardoor is ze achteropgeraakt. Nog geen kinderen bij de school te zien, Femke komt iets te vroeg om de lessen voor te bereiden.

Ze hangt een paar tekeningen op van gisteren, een douche waaruit woordjes worden gespoten, een tuin van kinderstemmen, wat is dat, o ja, het O-beendiertje, zo heeft Jantien het genoemd en dan nog een tram waaronder Dirk heeft geschreven 'een tram is een wagen die stopt en niet stopt'.

De kinderen van de zesde groep komen binnen, hun bewegingen horen meer bij buiten, helemaal vrij, hoe krijgt ze die weer tot rust. De tweelingen zijn er ook al, Joost en Margriet, en dan nog Klaske en Jenny, zoveel heeft ze er niet eerder gehad.

Ze begint te vertellen over de bioscoop met koelkasten en de twee vrouwen met hoofddoek die steeds verder van haar af raakten toen ze in de etalage keek, de kop van de clown op het bord. Ze heeft er wel eens kritiek op gekregen van meester Tom, het schoolhoofd, waarom begin je niet meteen, niets van aangetrokken, het maakt de kinderen los.

'M'n oma had zelf een bioscoop,' zegt Rinus, 'later sliep ze erin.'

'Was het zeker een vervelende film,' zegt Margriet, die Femke wel eens liefkozend Margje noemt.

Hoofdrekenen, daar wil ze mee beginnen, er is nog steeds wat geroezemoes op sommige plekken in de klas. Niet de gewone wanorde, is er buiten net wat gebeurd?

Ze kijkt streng naar een paar achterste tafeltjes, Femke heeft de wind eronder.

'Juf... er ontbreekt iets aan het bet...' zegt Dirk.

'...aan het al-fa-bet...' verbetert Klaske.

'...o ja... aan het al-fa-bet,' bootst Dirk Klaske na, 'Joost zegt dat het geen 26 letters zijn...'

'...nee... er hoort er nog één bij...' zegt Bella, meestal de brutaalste.

'Zo... zegt hij dat,' Femke kijkt naar Joost.

'Ik niet, me tante.'

Meestal doet Femke wel even mee, dit keer houdt ze zich in. Als ze hier op ingaat, is ze de hele dag kwijt, zeker nu het van een volwassene komt. Dat praat je niet zomaar weg.

In die voor Femke zo kwetsbare luwte loopt Margriet naar het bord, dat mag anders ook, 'kijk, ik heb 'm al getekend' en daar heb je de X, met een wieltje tussen z'n benen.

'Wie zegt dat hij er zo uitziet?' probeert Femke het tij te keren.

'Hoe ziet hij er dan uit?' roept Dirk.

'Probeer 'm allemaal maar te tekenen,' dat geeft haar even tijd. Als ze vol ijver beginnen, weet Femke dat het de verkeerde opdracht is. Straks ondermijnen ze de hele taal en dan krijgt ze het vandaag niet meer goed.

Ze loopt tussen de rijen door en ziet de mooiste letters ontstaan. Cirkel met een staf, een waaier met linten en in de doolhof van Assia zweven alle kleuren van het Midden-Oosten. Het is niet eens zo gek wat Joost of z'n tante heeft gezegd, ja, waarom zijn het er eigenlijk 26? Ze kan wel weer een heel verhaal ophangen, net als de vorige keer, over de Phoeniciërs en de Grieken en dan zo keurig verder over al die gesproken klanken waar de letters van afstammen, daar krijg je de met vliegende vaandels binnengekomen 27ste niet mee weg.

Een driehoek met evenzoveel rozen, ovaal met een lachend gezichtje erin, een ster bungelt aan een maantje, paar golven met een hand erboven, alsof de 27ste net is gekapseisd. Hoe zou Femke hem zelf tekenen? Het is net of ze een afspraak heeft met iemand die ze nog nooit heeft gezien, een blind date, hoe ziet hij er in vredesnaam uit?

De meeste kinderen zijn al klaar, laten hun tekening zien, drie meisjes werken nog door, met samengeperste lippen. Femke moet het vlug een andere kant op sturen. Eerst bekijkt ze de tekeningen, 'wat zijn ze mooi,' dan loopt ze naar het bord.

'Je kunt ze niet echt gebruiken,' zegt ze, 'en dat zal ik jullie laten zien.' De kinderen zijn al behoorlijk kritisch, ze moet wel met een goed verhaal komen.

'We gaan een woord openmaken, kijk zo,' ze schrijft het niet, nee, ze tekent de letters heel groot, *ver-jaardags-taart*, 'en nu zie je dat in die ruimtes tussen de woorden geen andere letter meer past.'

'Die kan als een fa-ta-mor-ga-na verschijnen,' zegt Bella. Een goeie opmerking, daar hebben ze het gisteren over gehad.

'Dat zou kunnen,' zegt Femke toegeeflijk, 'maar je kan moeilijk gaan zitten wachten tot die letter eindelijk verschijnt.'

'Waarom niet?' vraagt Joost, die de taal als eerste op scherp zette. Hij heeft nog zo goed als niets gezegd.

'Als die nieuwe letter in onze taal wil komen, moet er ook plaats voor zijn,' zegt Femke.

Het wordt wat stiller in de klas, maar je hoort dat de kinderen niet tevreden zijn. Nog iets verder gaan.

'*Ver*, *jaar*, *dag* en *taart* noemen we lettergrepen, dat weten jullie,' gaat Femke door. 'Ze kunnen een ander woord opzoeken om iets nieuws te maken, *ver*zoekt bijvoorbeeld *raad*; *jaar* gaat naar *markt*; *dag* weet *droom* te vinden en de *taart* kiest een *schep*, zien jullie het?'

'Jaar-markt, ver-raad,' ze hoort het van verscheidene kanten. 'Taart-schep, dag-droom, wat is dat?' vraagt Francien.

'Dat doen jullie als je niet oplet,' zegt Femke, 'dagdromen.' Hiermee heeft ze de 27ste voorgoed uitgeschakeld, dat denkt ze tenminste, zo ver is het nog niet.

'Het is dags-taart, met een s, die heb je weggemaakt,' zegt Rinus vals.

'Zo hebben de mensen de 27ste vast ook laten verdwijnen,' zegt Margriet.

'Dan ontbreekt die nog steeds... niet alleen op het bord, maar overal...' zegt Bella. 'Hoe weten we dan of we het goede leren?'

'Met die 27ste erin betekent taart iets heel anders,' zegt Joost.

'We houden er even over op,' bij Femke mogen kinderen altijd doorvragen en nu verbiedt ze iets. De rest van de dag besteedt ze maar niet aan spellen. Vooruit, de hoofdsteden van Europa met Letland, Estland en Litouwen als de moeilijkste landen.

Alle kinderen doen mee, het is een prettige klas en toch voelt ze dat de letter nog steeds in hun gedachten zit, als fata morgana, wie weet ook in het echt. Ze hebben 'm niet voor niets getekend.

In het laatste uur begint ze over het dansfeest, waar alle klassen over een maand aan meedoen, met de beste danseressen van haar eigen klas in een apart ballet, ze weet nog niet wie. Brigit doet de muziek, de moeder van Joost en Margriet.

'Vinden we hem wel als we dansen,' zegt Assia.

'Wat?'

'Die letter, ben je hem nu al vergeten,' Femke lacht, als ze geen onderscheid meer maken tussen fantasie en het echte zijn ze op hun leukst. Toch is ze er niet gerust op.

Iets voor vieren staat Brigit voor de school te wachten. Ze willen niet meer gehaald worden, Joost en Margriet. Dat vindt Brigit nog te gevaarlijk. Laatst mocht het dan een keer en kwamen ze pas om zeven uur thuis, helemaal opgewonden.

Volgens Joost waren ze eerst een hond achternagelopen en toen stond voor een huis een groep kinderen te wachten en daar waren ze bij gaan staan. Ze moesten auditie doen voor een kinderfilm en ze werden vast gekozen. De rol van de hond bleef onduidelijk.

Een paar flirtende mannen die hun kind op komen halen, ze gaat er nauwelijks op in. Daar heb je Femke, ze komt nog eerder dan Joost en Margriet uit school. Het lijkt wel of ze haar kant uit loopt. Ze wil zeker iets weten over de muziek bij de dansvoorstelling.

'Ha Brigit, loop je even mee...'

'Goed...'

'Vanmorgen...'

Femke zegt dat Joost over iets geks begon, de 27ste letter van het alfabet. Eerst dacht ze: dat los ik wel op, maar het sprak enorm tot de verbeelding van de kinderen.

'Ik kreeg ze er niet vanaf. Zonder die letter klopte niets, daar kwam het ongeveer op neer.'

'Dat is toch wel aardig,' zegt Brigit. Als Femke nou alleen over een spel komt praten, dat heeft ze nog nooit gedaan.

'O, vast. Het wordt minder als het je twee uur van je tijd kost. Weet jij hoe hij eraan komt?'

'Zeker van m'n zus Yvette, die houdt van dat soort dingen.'

'Waar is ze?'

'Op een eiland of zo, geen idee wat ze daar uitspookt.'

Daar heb je Joost en Margriet, 'mogen Bella en Dirk bij ons komen spelen?... nog voor onze verjaardag...'

'Ja goed, kom zo, ben even met Femke aan het praten.'

'Zou jij dan kunnen zorgen dat hij ermee ophoudt?' vraagt Femke als de kinderen weer zijn verdwenen.

'Ophoudt?'

'Het slaat zo over naar de andere klassen en voor je het weet vertrouwt geen kind de taal meer.'

Wat een onzin, denkt Brigit, maar ze zegt het niet.

'Ze hebben 'm al getekend,' Femke wijst naar een paar kinderen met de 27ste in hun hand, 'ik begon ook een beetje scheef naar een zin te kijken.'

'Van Joost?'

'Doet er niet toe van wie... keek ik scheef in een zin of ik 'm soms ergens zag schemeren,' Femke zegt het hoogst ernstig.

'...zoals Japanners naar die kut in het Musée d'Orsay kijken?'

'Pardon?'

'...dat schilderij van die vrouw met gespreide benen...' gaat Brigit door, '...doen de Japanners een paar stappen opzij in de hoop dat ze dan meer kunnen zien.'

'Erg grappig... ik meen het, echt.'

'Je bent toch niet bang dat kinderen de taal zullen overnemen?' lacht Brigit.

'Nou eigenlijk wel... hier op school dan.'
'Het is gewoon hun eigen wereld.'
'Gaan we nou...' roept Joost.

Het huis ligt vlak bij het centrum, lekker groot, er mogen vaak kinderen mee. Yvette, altijd dat soort dingen, vroeger al. Vader vertoonde 8mm-filmpjes en dan ging ze in de lichtbundel staan, Charlie Chaplin danste op haar buik. Dat ze rechten is gaan studeren mag wel een wonder heten, nog bijna afgemaakt ook, al heeft ze tot nu toe losvaste baantjes.

Brigit gaat pannenkoeken bakken, de lampions van de verjaardag zijn blijven hangen.

*Was ik maar altijd jarig*
*dat feest altijd gevierd*
*m'n mond vol apenootjes*
*en me stoel altijd versierd*

Ze loopt de trap op met een stapeltje pannenkoeken, het gezang verstomt, wat zijn ze aan het doen? Vast naar het dakterras.

Een paar tekeningen op tafel, zou dat de 27ste zijn? Dan staat die ook op het schoolbord, in het handschrift van Margriet. Een X met een wieltje tussen de benen, erg ver kom je er niet mee. Er staan nog twee regels onder:

*Er is een letter meer*
*Er is geen letter meer*

# Zizi

'Wat doet die daar?' Dumortier vraagt het aan Lacoste, hij zit naast hem in de helikopter. Elke dag vliegen ze boven het eiland om beginnende branden op te sporen, het wordt warmer, een vonk is al genoeg.

'Wie bedoel je?' vraagt Lacoste.

'...daar op dat veld onder de berg...'

'...die helling...?'

'...ja, een eind van de watervallen...'

Het is een rode stip, die zich langzaam voortbeweegt, iets naar links, dan weer naar rechts, een stip die iets zoekt in een groen veld met gele strepen. Dumortier gaat wat lager vliegen, de stip wordt iets groter, krijgt een paar blauwe lijnen, onder het rood.

'...daar lopen ze anders nooit...' zegt Lacoste en hij geeft Dumortier een pepermuntje.

Het veld waar ze overheen vliegen loopt uit in een punt op de linkerflank van een berg, vlak voor een rij kaarsrechte stammen. Linten van boterbloemen schots en scheef in het gras, bevrijd van elke richting, ze zijn er zomaar, hoeven niet gevolgd te worden.

Of lijkt dat maar zo?

De rode stip daarbeneden komt dichterbij, bukt, maait met een hand over het gras en de gele bloemen, alsof Yvette iets zoekt. Ze kijkt omhoog, wat blijft die helikopter daar lang in de lucht hangen, nog even, al weer verdwenen achter de bergen, hoger aan de hemel ziet ze twee buizerds.

Het is koel, ze draagt hier al een paar dagen een rode trui, Sarah Lund in *The Killing* heeft ook altijd dezelfde trui aan, twintig afleveringen lang, die heeft ze bij Abbie bekeken.

Heeft Dubout hier ook rondgekropen? Op sommige plekken is het gras korter, daar heeft hij het weggehaald, om het geel eruit te laten springen. Een paar brandplekken, roestig bruin, van lang geleden.

Daar heb je een paar gele draadjes die het bloemgeel verlengen, tussen alle bijbedoelingen van het gras in. Ze is zo dicht bij het getal dat ze het overzicht kwijt is en ze het kiekje uit haar tas moet halen dat Rob haar heeft meegegeven.

Ze gaat staan, nu weet ze het zeker, links en rechts schieten de 2 en de 7 over het veld. Ze bukt zich, haar hand langs de bocht van de twee. Hij bestaat, haar hart jubelt het uit, ze heeft zich niet vergist toen ze het getal in de donkere kamer van de academie op zag doemen.

Een deel van zoiets groots vasthouden, het begoochelt haar, of ze het niet echt meemaakt, dat voel je anders alleen bij iets waarvan je weet dat het is verzonnen. Nog beter kijken, daar heb je de staf van de 7, tussen al dat opdringerige groen, ze volgt hem, zover dat kan. Het gras is al weer zo ver opgerukt.

De loodsvrouw van een getal, ze banjert erdoorheen, de ruïne van een paar cijfers. Eens worden ze door hevige regens weggespoeld en gaan ook de draadjes op in de grond, bestaat de 27ste alleen nog op een foto. Het getal dan, de letter heeft ze nog steeds niet, die zal ze hier op het eiland vinden, dat weet ze zeker.

Ze begint te hollen, struikelt, rolt over het gras, staat weer op, wankelt naar de plek waar Abbie en Jan hebben gestaan, kijkt om en ziet het getal in al z'n half aangeschoten pracht. Dat iemand dit echt heeft gemaakt, zo teder, 't bestaat nauwelijks, ze bemint hem, al heeft ze hem nooit gezien.

Daar ligt iets. Abbie stuurde een rolletje in een koker, hier ligt het doosje. Als je nu van verre kijkt, zie je een rode stip die iets opraapt, een bukkende stip.

De juwelier heeft Yvette op het vliegveld de naam van een hotel gegeven, het mooiste van de streek, zei hij. Het ligt midden op het eiland aan een rivier, een eind van het veld dat ze net zo grondig heeft bekeken.

Het hotel is het eigendom van een oudere heer met een witte kuif, ze heeft hem al bij het hotel zien lopen. De juwelier zei dat de man ooit bij Stade Français speelde, samen met Kees Rijvers. Hij heet Dominique Colonna, net als het hotel.

Yvette is hier eergisteren aangekomen en ze logeert in de kamer met de naam Douis. Alle kamers zijn naar een voetballer vernoemd, dat hoort ze van Zizi, de donkere receptioniste. Abbie schreef iets over die namen, dan zat zij hier ook, zoveel hotels zijn er niet in deze dun bevolkte streek.

Yvette opent de tuindeuren van haar kamer en gaat buiten zitten. Ze belt Rob en vertelt hem dat er over het getal in het open veld geen twijfel meer bestaat, 'het was een wonder om het aan te kunnen raken.' Veel zeggen ze niet tegen elkaar, waarom zouden ze ook, Rob komt overmorgen.

Zou Dubout nog op het eiland zijn? Als Yvette het zich goed herinnert komt de foto van het laatste rolletje dat Abbie haar heeft gestuurd. Hij zwerft hier vast ergens rond, om erachter te komen hoe de 27ste eruit moet zien, in een museum, een haven, waar doet zo'n man z'n indrukken op.

Als je maar een deel van iets aanraakt... het voelde zo vreemd bij de 2, de 7, ze is het nog niet kwijt. Het gaat om het geld, dat mag ze niet uit het oog verliezen.

Ze neemt een slok witte wijn en belt nog een keer Twisk, waarom niet, weet hij al wanneer de catalogus uitkomt? Over een paar weken, hij zegt het heel rustig. Ze belt om zo dicht mogelijk bij het avontuur te blijven, raakt het aan, waar ze maar kan.

De juwelier logeert ook in het hotel, hij kwam een dag later, ze heeft hem vandaag nog niet gezien. Vert d'Orezza, zijn doel is duidelijk, een ketting, een ring, een armband. Ze tuurt naar de wit opspattende rivier, tikt tegen het albast van een oorbel, Santa Lucia, denkt aan het gezicht van Dubout, dat ze alleen van een paar foto's en uit de krant van Abbie kent.

Donker haar, gedekt boven de oren, een niet te breed gezicht, een beetje adellijk, lichte ogen, of is het anders? Het hoort bij de gezichten die aan je geheugen ontsnappen, niets springt eruit, ze zal hier op het eiland vooral op z'n donkere kleren moeten letten.

Ze loopt de kamer in en trekt het gordijn van kaasdoek achter zich dicht. Pakt de bijbel van het nachtkastje en legt hem weer terug. Opent een paar laden, levert niets op, alleen haar eigen kleren en toch heeft ze zo een keer honderd dollar gevonden in een Antwerps hotel.

Tien over halfdrie, dit is het kwijnende uur van de

goedgekeurde diefstal. De kast heeft nog een paar extra vakken. Ze gluurt naar binnen, ligt daar iets? Met twee vingers trekt ze een grote envelop naar buiten, niet het gevoel dat ze iets doet wat niet mag. 't Is toch zeker haar eigen kamer, al heet-ie dan naar een voetballer?

*Cindy* staat er op de envelop, met een vlugge cirkel eromheen. Niet dichtgeplakt, wat een bof. Geld, liefdesbrieven, nee, een paar A4'tjes, meer niet.

Vlugge schetsen, dat zijn het, van een vrouw, of is het nog een meisje? En profil, een mooie brede wang en lange donkere wimpers. In het potloodhaar zit een beetje witte verf. Het hele gezicht wordt er grappig door, alsof ze net iets slordigs heeft gedaan.

Zou het van Colonna zijn? Hij voetbalt niet meer en is misschien gaan schilderen. Of heeft een reiziger de envelop achtergelaten?

Yvette wil nog een glas wijn, ze moet het in de hal gaan halen, bij een eenvoudige bar. De vergeten envelop heeft ze meegenomen. Zizi komt niet naar haar toe, ze schrijft iets in het gastenboek op folioformaat.

Dan ziet Yvette iets glimmen, op een lage tafel, in een hoek van de hal. Ze loopt erheen, het is de foto van Abbie en Jan in de bergen. Hij ligt naast een stapel *National Geographics*. Dit keer geen actief vierkant, 80 bij 81, het vaste formaat van Dubout, zoals Rob de foto afdrukte op de academie. Het landschap is maar de helft zo groot.

Geen letter aan de rand, ook hier niet, wel de 27 met al die gele stippen, onmiskenbaar.

'Mooi, hè,' zegt Zizi, vlak achter Yvette, 'die twee mensen...'

'...ja...'

'...hebben hier ook gelogeerd...'

'Samen met de fotograaf?' vraagt Yvette vlug.

'Nee, die kwam later.'

Zizi loopt met de foto langs de snoeksprong van een doelman, Yvette achter haar aan.

'Hier misschien?' ze houdt de foto tussen twee aquarellen, een bos en een rivier, ze vallen je anders niet op in een hotel.

'Goeie plek,' zegt Yvette. Wat is de oplage van de foto? Waar heeft hij hem op dit eiland afgedrukt?

'Schilders mogen hier betalen met hun werk,' zegt Zizi, lopend door de gang, 'ze trekken erop uit en vinden altijd wat... dit is van... hoe spreek je het uit... Sumag-gèr...'

'Schuhmacher,' leest Yvette, z'n handtekening staat links beneden. Het is een schilderij van een stad, badend in het licht. Ze is er gisteren naartoe gereden, op goed geluk, om Dubout te zoeken.

'Het lijkt wel zilver,' zegt Zizi.

'Het licht ziet er nog net zo uit,' Yvette pakt de foto voorzichtig uit de handen van de receptioniste.

'Die vindt u zeker het mooist,' zegt Zizi trots.

'De fotograaf... bleef hij ook lang?'

'Een erg leuke man... heb nog met 'm gezwommen...'

'...wat fijn voor je...'

'...ruim een week, dacht ik, kan het wel even voor u nakijken,' ze loopt naar haar boek, 'Dubout... acht dagen...'

'En wanneer vertrok hij?'

'Eergisteren,' zegt Zizi, zonder in haar boek te kijken, 'hij zei niet zoveel... bleef nog wel op het eiland...

wilt u soms iets van hem kopen?'

'Wie weet,' Yvette geeft haar de foto terug.

De lucht achter je wordt soms dikker. Dan weet je dat er iemand aankomt. Yvette zit op het terras, kijkt om, daar staat hij, de juwelier. Geen voetstap van hem gehoord en het is een zware man.

Ze eten samen, met uitzicht op de rivier. Als je wilt, kun je de spatten aanraken en vallen ze uiteen op je arm.

De juwelier heeft een ontwerper gevraagd of hij van een schaduw een oorbel kan maken, 'daar hebben we het in het vliegtuig over gehad.'

Zizi komt iets brengen, haalt wat op, kijkt Yvette aan, 'meneer Dubout zei dat hij nog iets op de foto moet schrijven, dat kwam later wel, we mogen hem al inlijsten.'

'...hebben jullie lekker in de rivier gezwommen...?' vraagt Yvette en ze wijst met een duim naar het water.

'...bien sûr,' zegt Zizi, met borden en schalen op haar armen loopt ze behendig terug naar het restaurant.

'Ik was in een stad, die schuin tegen een berg ligt,' zegt de juwelier, 'een paar ruwe stukken Vert d'Orezza gekocht. Uw oorbellen zag ik op de markt liggen, prachtig wit, met dat doolhof erin.' Hij heeft het met de ontwerper ook over de 27ste gehad, dat vindt Yvette toch wel goed? Hij kan vast wel een goede vorm verzinnen.

Zizi, dit keer met kleinere bordjes, 'hij moest nog naar de kathedraal in de stad, dat zei meneer Dubout vlak voor hij wegreed.'

‘En waar is dat?’

‘Niet ver... gaat u nog zwemmen, ’t is heerlijk water.’

# Het jeugdjournaal

In de opslag van het veilinghuis Murphy's bekijkt John Cummings een gedicht van Blaise Cendrars.

Het heet *La prose du Transsibérien et de la Petite Jehanne de France* en het is in geel, rood en blauw gedrukt op vier langwerpige vellen. John schat dat het gedicht bij elkaar wel meer dan twee meter lang moet zijn.

Wat zal hij met de vier losse bladen doen? In een map, dat kan net, en die weer in een ruime la, zo worden ze niet beschadigd. Hij aarzelt. Het gedicht is zo mooi, met de kleurige cirkels van Sonia Delaunay in de kantlijn, dat hij de vellen het liefst aan de muur wil hangen, onder elkaar, zo hoort het.

Of gaat hij dan te ver? Z'n baas Mark heeft een vrije morgen. Hij is niet streng en toch kan hij ineens uitvallen. Vooruit, John doet het, kome wat ervan komt. Wat een prachtig gezicht, de Transsiberië Express rijdt in kleur over de muur van Parijs naar Mongolië, 'ik vertrek met een handelsreiziger in twee coupés en 34 koffers met juwelen van Pforzheim, Made in Germany', schrijft Cendrars. Het gedicht is een ode aan zijn geliefde, de kleine Jehanne.

John is bijna klaar met z'n studie kunstgeschiedenis en werkt al een halfjaar in de opslag van Murphy's. In de collegezaal worden de belangrijkste werken besproken, altijd met dia's, nooit in het echt. Hier mag hij alles vasthouden en dat is een sensatie, hij is er nog steeds niet aan gewend.

'We zijn bevoorrecht,' heeft Mark in het begin tegen John gezegd. 'Je hangt een schets van Renoir naast een stoel van Le Corbusier of boven een beeldje van de Fiji-eilanden, maakt niets uit, je richt het in tot jij er alleen de weg in weet.'

'Komt er dan nooit iemand kijken?'

'Jawel, maar dit laten ze aan ons over. Ze hebben wel iets anders aan hun hoofd. De opslag is voor jou de beste plek om af te studeren. Hier zie je tentoonstellingen die nooit meer worden herhaald.'

Alles verandert, elke dag weer. Daar heb je een naakt van Albert Marquet. Hij meet het op z'n werktafel, 65 bij 81 cm. De vrouw ligt op haar rug met gespreide benen, armen onder haar hoofd. Ze draagt zwarte kousen tot boven de knie, met een lila band.

Donat, een onderdirecteur van Murphy's, kwam net een foto brengen, 'iets bijzonders,' zei hij vlug, 'van Dubout, daar krijgen we anders nooit iets van, uit Holland.' Meer zei de man niet.

Mark vertelde laatst dat ze de foto's een paar jaar geleden bij elkaar veilden, met een aparte catalogus. Tegenwoordig doen ze het gewoon tussen de moderne kunst door, dan worden ze vanzelf wel klassiek.

Moet John de foto van Dubout inlijsten? Ook dat laten de specialisten aan de opslag over, ze hebben daar zoveel ervaring. Het is een berglandschap met een rivier. Grote keien half in het water, in het midden twee staande figuren, je ziet hun gezichten goed.

John legt de foto op tafel, vlug een lijst erom, kan hij naast het gedicht van Cendrars, 'zeg 'ns, Blaise, zijn we al heel ver van Montmartre? Ja, dat zijn we, nou en of...' Hij legt de foto weer neer. Ontbreekt er iets aan?

Overal gele veegjes, vaag en dan weer heel scherp, alsof je zelf tussen de boterbloemen loopt.

Wacht 'ns, internet, hij zoekt naar Dubout, raak. Een slordige groep kinderen, een renbaan met paarden en veel lege landschappen die je met het net binnengekomen werk kunt vergelijken. Wadden, een zwart eiland, een meer met hoeveel zijn het er, veertien witte zeilen.

Wat is dat in de rechter benedenhoek? John vergroot de plek op een paar foto's. Als hij het goed ziet staat er steeds een letter, bij de zeilen een N.

Is het een serie? Dan zou je daar eerder een nummer verwachten. Met een loep bekijkt hij de foto van de bergen en de rivier, nee, daar is nergens een letter te bekennen.

Hij vertrouwt het niet. 's Middags laat hij de foto van de berg en de andere landschappen aan Mark zien. Die kent het werk van Dubout beter. Zit wel goed, denkt Mark, en anders hadden ze het boven wel ontdekt, 'mooi, die Cendrars.'

'En als ze daar slordig hebben gekeken?' vraagt John.

Mark kijkt nog 'ns, hij neemt elke vraag ernstig, maar wil niet naar Donat. Alles alleen opknappen, zelfstandig blijven, zo heeft hij het John geleerd.

'We hangen hem boven in de hal, als aankondiging van de kijkdagen. Dat vindt Donat prachtig en dan is het ons probleem niet meer.'

Tien minuten later zie je de bergen van Dubout in de hal, naast een echte tekening van Hergé: Kuifje met z'n hond voor een wereldbol. Niet de allerduurste dingen, maar wel iets oorspronkelijks.

'Weet je hoe Hergé aan z'n naam komt?' vraagt Mark.

‘Nou?’

‘Georges Rémi, G en R, maar dan omgekeerd.’

‘Ik vertrouw het nog steeds niet,’ zegt John en hij kijkt naar de rechter benedenhoek, onder de bergen.

Een tante van Francien werkt bij het jeugdjournaal en toen ze van de 27ste letter hoorde, belde ze de school. Mochten ze naar de klas komen? Femke had eerst tegengestribbeld. Wat later vond ook zij het ‘een hele eer’ voor de school en zeker voor zichzelf, al zei ze dat er niet bij. Ze is nog nooit op tv geweest.

‘Ik zeg niet wanneer we komen,’ had Debbie, zo heet de tante, tegen het schoolhoofd gezegd, ‘dat maakt het spontaner.’ Francien had de dag toch doorgekletst en zo zit Femke op een donderdagmorgen met een onrustige klas. Het uur wist Francien niet.

Het kost haar een hele dag. Hoe haalt ze dat weer in? Vanochtend vroeg heeft ze een tekening van Assia opgehangen, een kleurige weegschaal met daaronder ‘kilo-meter’, zo heeft het meisje de schaal genoemd.

Het opduiken van jonge kinderen ergens waar je ze niet verwacht, midden in de taal. Femke moet er nog aan wennen. Ze blijft er soepel onder, het waait wel weer over, als het voorgoed speels is gemaakt. De wereld is al ernstig genoeg.

Gaan ze nu weer letters tekenen? Vooruit, ze geeft vandaag in alles toe. Sommige kinderen hebben hun letter van de vorige keer meegenomen, andere maken nieuwe, zoals een muzieksleutel met bloemen eraan, een kaars met een oog in plaats van een vlam en een wegwijzerhand met een flonkerende ster aan het eind van de vinger.

Niet ieder kind gelooft erin, ‘als je die ontbrekende

letter eenmaal hebt, wat dóét die dan voor ons?' vraagt Klaske.

'Is het niet genoeg wat we met de 26 andere zeggen,' valt tweelingzus Jenny haar bij.

'Kan er 's nachts niet van slapen,' houdt Margriet voet bij stuk, 'alles gaat anders als je aan die ene letter denkt.'

'Die pest de andere zeker,' zegt Rinus. 'Het kunnen er net zo goed 28 zijn.'

Ook dat nog, als straks het journaal komt en dat kan elk ogenblik gebeuren, moet de hele klas wel eensgezind zijn. Ze krijgt een idee en loopt naar het bord om te verdedigen wat ze eerst zo gevaarlijk vond.

Ze schrijft

*iets*
*ma*
*ik*
*out*
*ruit*
*ooi*
*alen*

'Wat is een ooi?' vraagt Jenny.

'Een vrouwtjesschaap. Let goed op, nu komt de f eraan,' ze schrijft hem groot op het bord. Vlug voegt Femke de letter aan de andere woorden toe.

*fiets*
*maf*
*fik*
*fout*
*fruit*

*fooi*
*falen*

De kinderen zeggen niets meer. Dit begrijpen ze. Eén extra letter kan een woord helemaal veranderen.

'Het kan ook midden in een woord,' gaat Femke verder.

*nar*
*stak*
*bal*
*staf*
*bas*
*mal*
*stal*

Groot schrijft ze de a, 'nu komt die eraan.'

Uit een ooghoek ziet ze dat de deur van de klas opengaat. Een vrouw komt binnen, haar camera draait, achter haar een iets oudere vrouw. Dat zal Debbie zijn, de tante van Francien.

Prachtig op tijd. Ze voelt zich doodkalm en schrijft door. Er is genoeg ruimte tussen de letters.

*naar*
*staak*
*baal*
*staaf*

Even wacht ze en kijkt naar het rijtje in wording, als een volleerd actrice. De camera maakt een draai en volgt haar hand met het verder bewegende krijtje.

*baas*
*maal*
*staal*

Femke legt het krijtje neer, 'en zo zal de 27ste ook onze taal binnen dringen, alleen weet niemand waar en in welk woord die letter komt.'

'Nog niet,' zegt Margriet.

'Wanneer dan?' vraagt Femke.

'Dat weten wij alleen,' zegt Joost.

'En wie is wij dan wel?' vraagt Femke zonder op de camera te letten.

Joost kijkt haar aan, 'als we 'm gebruiken, denk dan maar niet dat we het tegen jullie gaan zeggen.'

'Dan merk je het vanzelf wel,' zegt Rinus.

Op de dag van de uitzending doet Femke het op de film heel goed met de rijtjes en de toegevoegde letters. Ook de kinderen praten in de klas ernstig over de taal, alsof hun leven ervan afhangt.

Margriet, Bella en Rinus zijn live in de studio. Met hen heeft Debbie een gesprekje, tussen de filmfragmenten door. Aan een wand hangen de ontwerpen van de kinderen, mooier kan het niet, een en al kleur.

'Als je de hoeven van een hert wil zien, moet je soms ook lang wachten,' zegt Bella.

'Hoe lang dan?' vraagt Debbie. Altijd dwalen ze af, dat maakt een gesprek zo spannend.

'Tot het sneeuwt, dan zie je de afdrukken,' zegt Rinus.

'En nou zoeken we voor die letter zoiets als sneeuw, dat je het ineens ontdekt,' zegt Margriet. De vervoering over een enkele letter, hoe lang zal het duren? Ze kunnen soms wekenlang knikkeren en dan is het afgelopen.

'En jullie kiezen zeker een van je eigen letters.'

'Die kun je niet kiezen,' Bella roept het bijna.

'Nee, die komt zomaar,' zegt Margriet, 'zonder dat je weet hoe hij eruitziet.'

'En dan spreekt iedereen die taal?'

'Alleen wij.'

# De biecht

De kathedraal heeft stompe hoeken, wacht, daar ligt een neergedwarreld vel papier, 'net als de lichtval op de stenen speelt de akoestiek een belangrijke rol in de spiritualiteit', zo staat het er.

Eeuwen geleden werd hier de biecht afgenomen. De priester kon ver van de zondaar gaan staan. Door de slimme stand van de muren hoorde hij de weerkaatsing van zelfs een gefluisterd woord en liep hij niet de kans door lepra of een andere ziekte te worden besmet.

Daar is de deur, als je dat simpele woord mag gebruiken voor de royale poort, die in de middeleeuwen alleen monniken mochten openen.

Er waait nog een blaadje van een stapel. Tocht het in de kathedraal, op deze bladzijde voel je het niet, hoogstens heb je er een vermoeden van. Ach, die stroom van niets is maar een plaagstoot in de hier verder zo overvloedig stilstaande lucht.

Rob komt binnen, raapt het vel op en wil het weer op de stapel leggen. Nee, hij loopt door en begint het te lezen.

Yvette kijkt naar de koorbanken, in het midden. Ze heeft Rob nog niets verteld over de foto van Dubout bij Zizi.

Hij wenkt haar. Je kunt ze niet horen, even later des te beter, daar staan ze in de twee stompe hoeken, tegenover elkaar.

'Stoel van God,' zeg-roept Yvette.

Rob geeft eerst geen antwoord. Daar heb je een jongen en een meisje, studenten zo te zien, en nu wordt dit deel van de kerk een wachtkamer voor het Woord. Ze leunen tegen een pilaar, tot Rob en Yvette zijn uitgesproken.

'Niets,' roept Rob, meer wil hij niet zeggen, wat een echo. De biecht is geheim: hoe hebben ze dat vroeger opgelost? Moest bij deze genadeloze akoestiek een zondaar in de regen wachten tot z'n voorganger weer naar buiten kwam?

Ze lopen door een kloostergang met uitzicht op een weelderige tuin. De ruimte krijgt hier iets meer vrijheid, zonder haar deftige gezicht te verliezen.

'Waarom riep je de stoel van God?' vraagt Rob.

'Zo heet het hier, La-Chaise-Dieu, zag je dat niet? Wat heb je bij je?' Hij heeft haar na zijn aankomst nog niets laten zien.

Rob gaat op een muur tussen twee zuiltjes zitten. Durfde een monnik het vroeger ook zo te doen, z'n benen over elkaar en z'n bol in de zon?

Hij legt het kerkvel neer en haalt een letterproef uit z'n tas, 'dit is de Garamond... let op...'

'Wat ga je doen?' vraagt Yvette, nu hij zich in iets eenvoudigs verdiept, is hij op z'n mooist.

'...van twee letters een deel... daar mik ik op... kijk zo...'

Z'n potlood gaat naar een *d* met een *e*, dan schetst hij heel vlug een raampje met de zijspijlen dwars door de twee letters heen.

Hij houdt het vel trots op. Yvette ziet het nu pas goed. De zon schijnt erdoorheen: de staande lijn van de *d* en de linker bocht van de *e* zitten dicht tegen elkaar, alsof ze zijn verenigd.

'Wat denk je?' vraagt Rob.

'Kun je echt niks beters verzinnen? Ik werk me hier dood en dan kom jij met dit.'

'Ik zoek gewoon een nieuwe letter.'

'Het is me veel te theoretisch, zo denkt Dubout niet. Hij wil iets levendigs, iets nieuws, anders was hij er nooit aan begonnen.'

'En wat heb jij dan?'

'Nog niets, hij wil de taal op z'n kop zetten, dat denk ik, niet alleen iets braafs toevoegen,' ze weet hoe onredelijk ze klinkt. Rob heeft het hoe dan ook geprobeerd.

Ze loopt naar hem toe en kust hem op beide wangen, 'zo bedoelde ik het niet...'

Hij wil het ontwerp opbergen, het waait weg, wat een capriolen, hij rent het blaadje achterna, plukt het als een keeper uit de lucht.

In de kloostergang denkt ze aan het vergeefse van hun tocht. Van alles heeft ze ervoor laten schieten en daarvoor in de plaats komt alleen maar de onzekerheid over het geringste.

'Zou 't lang duren voordat je eraan gewend bent?' vraagt Yvette, om het goed te maken en ook om haar onrust te verdoezelen.

'Aan de nieuwe letter?'

'Toen je hem ophield in het licht... 't was net of-ie happen uit de tuin nam...'

'...door het papier...'

'...ja, door het hele vel... de zon scheen erdoorheen...'

Ze ziet heel scherp waar ze anders niet naar kijkt,

dat zegt ze niet tegen Rob. De leegte tussen de pilaren en daar in de verte de regenpijp onder de dakpannen, hij steekt net iets te ver uit.

De trap naar de wijnkelder, die gaan ze niet af. Zonder dat ze er iets over zeggen lopen ze naar een ander muurtje en gaan zitten.

'Wat rammelt er zo?' vraagt Rob.

Ze haalt de ringbos uit haar tas, 'heb ik van een juwelier gekregen.'

'Waar dan?'

'In het hotel, hij logeert hier ook. Ringen om te passen, mag jij raden hoeveel eraan zitten.'

'Over de twintig?' lacht Rob.

'Op een zwart-witfoto ziet hij overal de kleur.'

'Heb je het hem verteld?'

'Van de letter, waarom niet, het is toch fantasie? Dat denken ze tenminste... niemand neemt het zo ernstig als wij.'

Ze kijken naar de zuilen aan de overkant, naar de plek waar ze net hebben gezeten. Daarvoor ligt een veld waarop niets gebeurt, op Robs vangst van het blaadje na. Ze moet ernaar kijken, alsof het gras haar nodig heeft om te kunnen bestaan.

Ze kijkt omhoog, langs een stam, door de takken naar de hemel. De ruimte kun je maar beter in een kathedraal op de mens afstemmen.

'...ik heb ook nog gedacht aan...' probeert Rob.

'...nou...?' voorzichtig, niet weer woedend worden.

'...aan zoiets als een komma of een dubbele punt...'

'...ga door...'

Rob begint over de slinger onder de c, in het Frans, de cedille, ze hoort het vaag op de achtergrond. Weer denkt ze aan het geschrevene, als op de lunch bij Abbie, over het verschil tussen wat een zin haalt en wat onvermeld blijft. 't Kan niet meekomen, blijft achter bij wat als hoofdzaak wordt vermeld.

'...en dan heb je nog dat streepje in een klinker... in het Deens of is het Noors...'

'...dan is het geen letter meer... waarom niet iets wat leeft, een oor of een neus,' lacht Yvette.

Ze staan op en lopen door de kloostergang, worden opgeroepen voor een beweging in een zin en als je niet uitkijkt, ontbreekt er weer van alles aan, de schaduw, de lichtval. Vooruit, vlug het steentje dat Rob voortschopt en dan terug naar de kathedraal.

'...een levende letter en daar de abstractie van...' ook op een grap van Yvette gaat Rob in.

Geen spoor van Dubout en toch, als Zizi zich niet vergist heeft hij hier echt gelopen. Ze noemen hem niet eens zo vaak, alsof een wereldse verlangen niet past bij een gebouw dat geheel aan het licht en de ruimte is gewijd.

Ze gaan langs de triomfmuur, tussen het priesterkoor en het schip, de hand van Yvette glijdt erlangs, 'we zoeken het te ver, 't is vast heel dichtbij. Op z'n foto's kun je het kleinste detail heel goed zien...'

'...wat dan...?'

'...een tak, een waterdruppel...'

Ze lopen naar de tafel met folders, wie weet heeft iemand daar Dubout gezien, als katten hebben ze hier alles verkend voordat ze de meest logische plek kiezen.

Er is niemand bij de tafel, wel een naam op een bord, Juliette Crevel. Ze komt overeind, had zich net gebukt voor een blaadje en legt het op de stapel.

‘Meneer Dubout... is die hier geweest...’ vraagt Rob.

‘Wie zegt u?’

‘Dubout... een man in het zwart...’

‘...met een fototoestel...’ voegt Yvette eraan toe.

‘Dat hebben ze hier allemaal,’ zegt mevrouw Crevel. Ze klemt de stapel tussen haar handen om hem nog wat rechter te trekken.

Rob laat haar een foto zien. ‘O die,’ in het gastenboek bladert ze naar Dubouts handtekening, ‘u moet ook tekenen.’

Ze schrijven hun naam erin en willen al weer doorlopen. ‘Deed hij nog iets?’ vraagt Rob over z’n schouder, alsof hij niet eens op een antwoord rekent.

‘Jazeker,’ zegt mevrouw Crevel, ‘de biecht...’

‘Dan had hij iemand bij zich,’ zegt Yvette gretig, ‘je kunt ’t alleen met z’n tweeën doen.’

‘Een vriendin van een jaar of twintig.’

‘Hoorde die bij hem,’ vraagt Rob, ‘of sprak hij haar aan in de kerk?’

‘Hij kwam met haar binnen.’

‘Wat zeiden ze tegen elkaar?’ vraagt Yvette.

‘Mag ik dat wel zeggen?’

‘Alstublieft...’

‘...dat hij de hele omgeving nieuw wil maken... dat zei hij toen ze even hier stonden... vlak bij me... heel enthousiast...

‘En wat nog meer?’ vraagt Rob.

‘...iets over letters... of ze de decors wilde doen... de vrouw had er duidelijk geen zin in... en over de biecht mag ik niets zeggen... ben al te ver gegaan.’

‘Hoe zag die vriendin er dan uit?’ smeekt Yvette, ‘dat kan toch wel... wat had ze aan?’

‘Nee, nee.’

‘Zei hij ook nog iets tegen u?’ vraagt Rob.

‘Hij vroeg of ik ons eiland voor hem wilde tekenen.’

Mevrouw Crevel pakt een kerkelijk A4’tje van een stapel. Ze keert het om en tekent de omtrek, die ze allang kennen. Dat zeggen ze niet. Het gaat om de onregelmatigheden. Een g, maar dan omgekeerd, met de krul in top.

‘Hoe sprak hij het uit?’ vraagt Yvette.

‘Uitspreken? Het is toch een tekening.’

‘Het is erg belangrijk voor ons,’ zegt Rob.

‘...ik moest een paar stadjes aangeven... hij vroeg de weg naar het noorden...’ mevrouw Crevel zet vlug wat stippen op het papier, ‘... naar de verste stad...’

‘Je hoort het,’ zegt Yvette tegen Rob, ‘hij vroeg alleen maar de weg.’

Rob legt het blaadje, dat hij een paar uur eerder heeft gepakt, weer op de stapel. Ze lopen naar de deur. Als Dubout zich ergens mee bemoeit, verdwijnt het vanzelf wel, zie je niet eens de stippellijnen die in een goochelboek tenminste nog aangeven waar iets verborgen zit.

# Geld

De heer Twisk loopt in Regent Street en hij is werkelijk schitterend gekleed, een grijs lichtgewicht pak met bruine schoenen. Als hij stilstaat voor een etalage valt de broek net niet over de vetergaatjes, hij ziet het in de spiegelruit. Het is zonnig, z'n Burberry regenjas hangt losjes over een arm. Hij heeft wel een hoed op, die hij net in een sjieke winkelstraat heeft gekocht, daar is ook z'n hotel. Even de hoed af, hij kijkt erin, *The English Hatter*, in gouden letters en dan nog zo'n snelle handtekening, *Borsalino*, onder een ook al gouden kroon.

Nog een paar hoeken en dan is hij bij het veilinghuis. Ze zijn er erg tevreden met de inbreng van Dubout en nu is hij naar Londen gevlogen om iets te brengen wat past bij *La prose du Transsibérien* van Blaise Cendrars.

Hij weet dat het gedicht binnenkort wordt geveild en opeens kwam uit een nalatenschap het boek *La fin du monde*, ook van Cendrars, in een nietige oplage, met de onweerstaanbare letters en kleuren van Fernand Léger.

Een van de mooist geïllustreerde boeken uit de twintigste eeuw, zo wordt het wel genoemd. Het zit in z'n tas, hij had het hoog verzekerd kunnen versturen, nee, dit keer gaat hij liever zelf, om van z'n vondst te kunnen genieten.

Murphy's, vlug naar binnen, Twisk steekt z'n hand

op, hoeft niet naar de receptie, ze kennen hem hier wel. Twee keer Cendrars, de ene prijs drijft de andere op. Hij zou naar Donat kunnen gaan om het boek te brengen, bij hem kun je altijd binnenvallen. Ach, waarom eerst niet even naar Mark in de opslag en John, die nieuwe jongen.

Dan ziet hij het pas, de Dubout heeft een ereplaats in de hal, naast een originele Kuifje. Twisk loopt niet meer naar de opslag, hij zweeft erheen.

Het gedicht van Cendrars hangt aan de muur, 'wat een beauty,' roept Twisk, hij schudt de handen van Mark en John, ze zijn er alle twee. Hij laat hen *La fin du monde* zien, ze bladeren erin en vinden het prachtig. Sterke verhalen, daar houden ze van, Twisk begint te vertellen.

'Ze boden ons eens een portret aan en in de halsketting zaten een paar echte diamanten.'

'Dat zag je met laserstralen?' vraagt Mark.

'Nee, die had je toen nog niet. Het fonkelde zo dat we er een juwelier bij haalden.'

'Ze hadden eroverheen geschilderd?' vraagt John.

'Er zat wat witte verf op de stenen en toch zag hij het vrijwel meteen.'

'Welke tijd?' vraagt Mark.

'Begin achttiende eeuw, een onbekende meester. Dan sta je voor dit dilemma: moet je de eigenaar adviseren het doek dan maar open te maken? Best mogelijk dat de diamanten en het waren er nogal wat meer waard zijn dan het hele portret.'

Mark begint over een modern werk, het gebeurde zo'n dertig jaar geleden, 'een ijskast met vlak daarvoor op de grond de pels van een ijsbeer. Het had jaren onverkocht bij de kunstenaar gestaan tot een jonge museumdirecteur zich het werk uit een boek herinnerde. Hij belde de maker, had hij het ding nog?'

'Die ging vlug zoeken,' vult Twisk Mark aan.

'Maar hij vond het niet, de ijskast was weg, vast als ouwe troep opgeruimd door een vroegere assistent.'

'En toen moest-ie zeker een nieuwe ouwe ijskast opscharrelen?' vraagt John.

'Op geen markt te vinden, waar hij ook zocht, tot hij bij een zaak aan de snelweg met auto's en half verroeste wasmachines terechtkwam.'

Daar heb je Donat, hij blijft in de deuropening staan en wacht tot Mark is uitgesproken.

'Die ijskast kostte intussen heel wat geld...'

'Nooit gedacht dat die ook antiek kan worden,' zegt Donat.

'Het kostte de maker ongeveer een kwart van de prijs,' rondt Mark z'n verhaal vlug af.

'Twisk, heb je even...' Donat ziet de tweede Cendrars liggen, hij zegt er niets over.

Donat en Twisk lopen in de hal, 'Twisky, old sport, we have a problem... a small one perhaps, but still, a problem...' Donat blijft staan en loopt iets dichter naar het landschap van Dubout toe.

'Hoort daar niet iets in de hoek te staan?' vraagt hij.

'Waar?'

'Hier ongeveer,' en Donat tikt met z'n wijsvinger rechts beneden tegen het glas, 'kom, we gaan.'

Vijf minuten later lunchen ze in The Flanagan Club. Donat heeft niet eens gereserveerd, wat geeft het, voor hem is er altijd plaats. Oude schilderijen tussen de hoge ramen, kroonluchters, gedekte tafeltjes, geroezemoes.

Op straat heeft Donat niet meer over Dubout gesproken, als een echte Londoner had hij het over de kleinste titbits, silly weather, so long so sunny, waar heb je die prachtige hoed gekocht?

Nu begint het, 'John hield me laatst staande...'

'...van de opslag?' vraagt Twisk, alsof hij niet goed op de jongen heeft gelet.

'Die verdient promotie... ja, van de opslag. Ik kwam hem tegen in de hal en hij zegt: er ontbreekt iets op de Dubout.'

'Dat zei je.'

'Je denkt dat iedereen wel zoiets kan zeggen, maar hij was er achter gekomen dat op een reeks vergelijkbare foto's steeds een letter staat... in de rechter benedenhoek...'

'Vast een serienummer,' probeert Twisk, 'dan is hij het op onze foto gewoon vergeten.'

'Dat dacht ik eerst ook... John kwam erachter dat de serie uit zesentwintig foto's bestaat, net als de letters van het alfabet...'

'Dat geloof je toch zelf niet,' zegt Twisk. Hij voelt dat hij terrein verliest.

'Geloven we niet elke fantasie? Daar leven we van. Luister, nu komt het... John ontdekte dat de gele boterbloemen op het gras samen het getal 27 vormen.'

'Nou en?' zegt Twisk iets te fel.

'Op een foto van acht schoolkinderen aan het strand heeft Dubout rechts beneden een H geschreven en bij elf paarden een K. Het landschap blijft de hoofdzaak en toch vind je daarin steeds een cijfer, met eronder de letter uit het alfabet die erbij hoort.'

'Waarom zegt John dat dan niet tegen mij.'

'Te verlegen, denk ik.'

Het is even stil, ze nippen aan de chablis en proeven de zalm. Twisk vraagt zich maar één ding af: hoe zal Donat verdergaan? Hij staat bekend om het leggen van de vreemdste verbanden.

'Het valt me op dat je niet eens op de 27ste letter ingaat,' zegt Donat. 'Hoe ziet die eruit?'

'We kunnen Dubout opsporen,' oppert Twisk.

'Die vind je nooit.'

'Ik wel.'

'Nee, nee, niet doen,' zegt Donat en hij maakt een afwerend gebaar.

'En waarom dan wel niet?'

'Een paar dagen geleden zat ik hier in de Flanagan met onze ambassadeur in Den Haag.' Het is deels een compliment aan Twisk, die mag hier ook zijn, en een opstap naar een groter avontuur.

'De ambassadeur,' Donat gebruikt niet zijn naam, 'had op een avond naar het jeugdjournaal gekeken. Kijk jij daar wel eens naar?'

'Kijk nooit naar kinderprogramma's,' zegt Twisk.

'De ambassadeur wel. En wat ziet hij zomaar, zonder ergens op uit te zijn? Een groep kinderen, stuk voor stuk hadden ze de 27ste letter van het alfabet verzonnen.'

Er begint langzaam iets te dagen bij Twisk, al weet hij nog niet waar Donat heen wil.

'De mooiste ontwerpen, allemaal verschillend. Heb je er soms iets over in een Nederlandse krant gelezen?'

'Nee, niets.'

'Ineens zegt onze ambassadeur een nursery rhyme op:

*What is the news of the day*
*Good neighbour I prey*
*They say the balloon*
*Has gone up to the moon.'*

'Erg grappig,' zegt Twisk.

'Gelijk had hij wel, wordt het alfabet zomaar uitgebreid, als je dat niet het nieuws van de dag mag noemen... En ik dacht aan wat John me had verteld.'

Twisk pakt z'n mobiel, 'kan de vrouw bellen die het werk heeft ingebracht.'

'Dan maak je het probleem alleen maar groter. Hoe kan die 27ste letter op twee plaatsen tegelijk opduiken?'

'Misschien weet Dubout ook nog niet hoe de letter eruitziet,' zegt Twisk.

'Maar die kinderen wel.'

'We kunnen moeilijk een kinderletter in die hoek zetten,' lacht Twisk. Hij is lichtgeraakt, maar ook praktisch. 'Trek de foto anders in.'

'Waarom zouden we?'

Totale zekerheid bestaat niet in de veilingwereld, dat weet Donat als geen ander. Je kunt er wel dicht tegenaan zitten en de vragen voor zijn die eventueel over een werk worden gesteld.

'We gaan er ons voordeel van maken,' zegt Donat. 'Jij schrijft in de catalogus een stuk over Dubout, vooral over die ontbrekende 27ste letter van een reeks die aan het alfabet is gewijd.'

'En als dat Dubout onder ogen komt?'

'Mocht Dubout zich melden, dan komt ons dat alleen maar uit. Hij protesteert of hij schrijft de letter alsnog in de hoek, alles is goed. De kinderletters hebben intussen ook meer publiciteit gekregen en dan is de hele veilingwereld vervuld van die 27ste letter.'

Donat staat op, loopt naar het raam en gaat weer zitten, dat doet hij altijd als het verlossende woord hem bijna te binnen schiet.

'Wat dacht je dat de foto dan gaat kosten met een schamele richtprijs van veertig- tot vijftigduizend euro? Het dubbele of nog meer? De herkomst is ongetwijfeld goed, je bent een vakman, daar ga ik je echt niet naar vragen. Los geen enkel probleem op, sta toch voor alles open en zo deinen we mee op de golven van het onbesliste.'

Die dag blijven ze in elkaars gezelschap, als winnaars van een race die nog gelopen moet worden. Donat neemt Twisk in een taxi mee naar zijn huis in een sjieke voorstad van Londen. In de tuin opent de gastheer een paar rood-wit geschilderde luiken. Tientallen vleermuizen vliegen klapperend op, gestoord in hun slaap.

'Je kunt met die kinderletters vast nog iets meer doen,' zegt Donat als ze met een stuk stilton en een glas port aan een groen tafeltje tegenover elkaar zitten.

'Afbeelden in de catalogus?' vraagt Twisk.

'Een paar, hun charme gaat op in de Dubout. Weet je hoe ik bij m'n eerste galerie begonnen ben?'

'Vertel.'

'Een slagersvakschool had een reliëf bij ons gekocht, van bordkarton, mooi wit geschilderd. Het werd op een feest officieel overhandigd aan de directeur... hij pakte een schaar en knipte het open.'

‘Hij dacht dat het de verpakking was,’ lacht Twisk.
‘“Wat een bof,” zei m’n baas, “nu moeten ze wel een andere bij ons kopen.”’

# Cindy

Daar ligt het A4'tje van mevrouw Crevel, boven het handschoenenkastje, met de weg naar de stad in het noorden. Als Rob een bocht neemt, verschuift het, maar het valt niet. Het stelt een heel eiland voor, een rafelige schets met drie stippen erin.

Rob en Yvette zijn in de vroege ochtend van Hotel Colonna weggereden. Ze heeft hem het gele veld met het getal laten zien. Een halfuurtje tussen de boterbloemen en vlug weer verder.

De vlakte wordt steeds kaler, een reusachtig niets, geblokkeerd door de witste bergwand, tot aan de hemel die zich nergens iets van aantrekt.

Dit is een landschap voor Dubout. Ze herkennen het van z'n foto's, overal dat weidse, met de leegte in de kathedraal als afgezant, zet de deur maar open, dan stroomt de ruimte hier vanzelf naartoe.

Kijk, een ezel met een vrouw, tegen een heuvel, een behoorlijk eind weg, het geeft zo'n diepte, maakt alles nog verder dan het al is.

'Heeft Abbie hier ook gereden?' vraagt Rob.

'Zoveel wegen zijn er niet.'

'Zie je de roofvogels? Daar rechts, die twee... in de lucht.'

'Buizerds,' zegt Yvette, 'en hoe heten die vogeltjes... daar bij die struiken,' de weg is smal, ze rijden niet te hard, de geringste beweeglijkheden kunnen ze zien.

'Met die zwarte pruikjes...' meer zegt Rob niet en

Yvette vraagt niet verder.

'Wat denk jij van Dubout met die meid...' dat vraagt ze wel.

'...in de kathedraal...?'

'Het zal toch geen ordinaire rokkenjager zijn... ze is een stuk jonger dan hij.'

'Jaloers?' vraagt Rob lachend, 'misschien sliep hij met haar in het hotel...'

'Daar zei Zizi niets over.'

'Die kijkt wel uit... wind je niet op, denk aan het geld.'

'Ze heeft iets met die letter te maken... of ze de decors wilde doen... dat zei mevrouw Crevel.'

'Misschien rijden we er wel doorheen,' zegt Rob.

'Door de letter?' vraagt Yvette.

'Hij schreef het getal toch ook groot in de boterbloemen.'

Yvette wil iets grappigs zeggen, maar ze doet het niet. Ze heeft te veel eerbied voor het landschap waarin ze rijden en met een grap geef je je nederlaag openlijk toe.

Een afslag, Rob kijkt vlug op het A4'tje, minder gedetailleerd dan de grote kaart, maar hij heeft het gevoel dat het levend geschrevene hem vlugger op z'n bestemming brengt. Een stad in het noorden, achter de bergen, aan de kust.

De kleine auto op de vlakte, 'als je een A4'tje twee keer dubbel vouwt, past het in iedere jaszak,' zegt hij.

'Zag vanmorgen een advertentie met een foto van een lineaal... veel te groot... tien centimeter verkleed als twintig,' Yvette doet mee aan het spel der afmetingen.

'Je lijkt Dubout wel.'

'Jij anders ook... 't is besmettelijk... alles nieuw...'

Hoe klein of groot ze het ook willen maken, het landschap geeft niet toe. Ze zijn zo ver van de vrouw met de ezel af dat het tweetal bijna is opgeslokt door de ruimte.

Rob vertelt een verhaal van Edgar Allan Poe, een man ligt op een bank en kijkt naar buiten. Hij rust en plotseling is hij verstijfd van schrik.

Daar in de verte loopt een monster naar z'n huis, met harige poten en een opengesperde bek. Wat komt het dier snel dichterbij, nog even en hij zal het huis vermorzelen.

Een vriend komt binnen, 'wat is er met jou aan de hand...' hij staat bij het raam, een piepklein spinnetje loopt van het vensterglas over z'n vinger.

'...wat vreselijk...' zegt Yvette, ze trekt aan een oorbel van Santa Lucia, 'die juwelier wil een schaduw aan m'n oor hangen.'

'...schaduw van wat?' vraagt Rob. 'Van een hand of een doos...?'

'...of van een gebouw op een plein...'

'...wat geven die drie stipjes na dat plein eigenlijk weer?' vraagt Rob.

'De stilte,' zegt Yvette, 'hoor maar, "..." dan wordt er niets gezegd.'

'...zo van, je kunt iets zeggen en toch doe je het niet?'

Witte bergen, overal. Ook het licht op de steppe is zo goed als wit, 'het lijkt wel papier,' zegt Rob. Dan zien ze in het dal de lijnen van een stad. Ze rijden op een min of meer rechte weg, plotseling weer bochten, ze passen niet bij een regel met een zo duidelijke richting op papier.

Om Rob en Yvette heen is alles richtingloos, het zwerft alle kanten op. Je zou een ster moeten gebruiken, een punt met voorvalstralen eromheen, om de regeldwang te slopen.

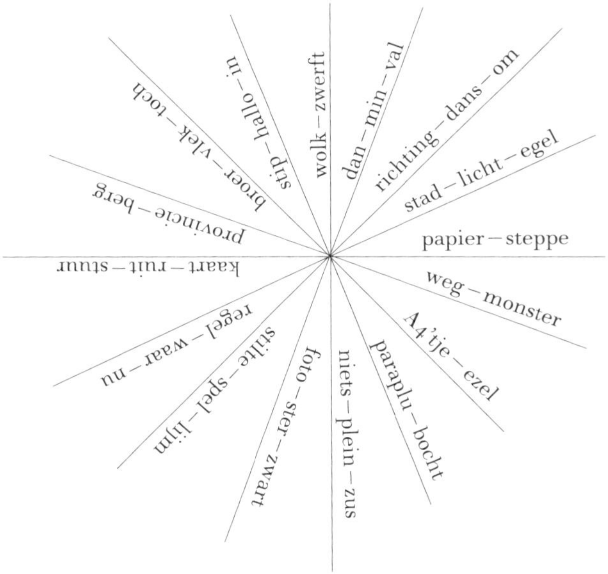


Met een ster kom je niet vooruit, toch maar de rechte lijn, al gaat het in het echt nooit rechtstreeks van het een naar het ander. Er gebeurt iets en dat leidt tot talrijke broers en zussen, dansend raken ze uit het zicht, onderweg naar de ver gelegen provincies van het begrip, waar het willekeurige spel van wat komt eerst en dan pas erna geheel buiten je om opnieuw kan beginnen.

Wat ligt daar? Het is een zwarte vlek die in de ruimte net niet kopje-onder is gegaan. Als ze dichterbij komen, wordt het zwart een scherm, zo strak is het, met een steel.

Rob mindert vaart, 'zo ben ik 's nachts eens voor een egel uitgeweken.'

Yvette stapt uit en loopt naar de paraplu. Ze laat hem heen en weer draaien, er staat een naam op, in roze letters, ze houdt hem stil, 'Cindy,' zegt ze zacht en dan roept ze het naar Rob, 'Cindy... (*nog harder*) Cindy!'

Ze rolt hem in, waar zit de drukknop, en gooit hem over haar schouder op de achterbank.

'Van een liftster,' zegt Rob.

'Hier sta je niet te liften.'

'Rende ze naar een auto toe en vergat de paraplu.'

Terwijl ze verder rijden ademt ze tegen de ruit en tekent een Z, daarachter de 27ste letter, een omgekeerde paraplu, het wordt een boot met een mast, 'kan-ie de regen van alle andere letters opvangen.'

Cindy... over de envelop zegt ze niets, al bonst haar hart in haar keel. Ze heeft de tekeningen ergens laten liggen, in het hotel en ze weet niet meer waar. Vanavond Zizi vragen, ze heeft 'm vast gevonden.

De paraplu en de tekeningen, wat hebben die met elkaar te maken? Cindy, het is misschien een naam die hier veel voorkomt, zo stelt ze zichzelf gerust.

De rafelrand van de stad, daar heb je de blikken schuurtjes. Het begint te regenen, of regent het aan deze kant van de stad al langer. Het eind van een straat steekt de steppe in, *rue d'Amsterdam*, witte letters op een blauw bordje.

Daar heb je Cindy weer, het raampje naast Yvette staat op een kier, je hoort hoe de regen op de paraplu klettert, het gezicht van de voorbijgangster kunnen ze net niet zien.

Rechtsaf, naar de haven, altijd het beste, kijk, daar loopt nog een Cindy, langs de winkels. Ze klapt het scherm dicht, schudt het even heen en weer en gaat dan een zaak in waar ze alleen witte kleding verkopen, broeken, jasjes, hemden, Yvette ziet het van opzij.

'Cindy... vast de naam van een hotel,' zegt Rob, 'blijf je droog en maak je ook nog reclame voor waar je net hebt geslapen.'

'...of staan ze hier ergens buiten met paraplu's...'

'...als het stortregent...'

'...ben je ze zo kwijt...'

Aan de haven stappen ze uit. Het blijft regenen. Geen Hotel Cindy te zien en ook geen man met paraplu's. Het is verleidelijk om in een van de vele cafés te schuilen, ze gaan niet naar binnen. Hier heeft Dubout gelopen, daar was mevrouw Crevel zeker van, ze heeft zich vast niet vergist.

Een zijstraat en dan zien ze het, vlak bij de hoek. Rechts van een winkeldeur een mand vol paraplu's van Cindy, in de regen. Rob en Yvette kijken schuin de winkel in.

Is het wel een winkel? Midden in de zaak staat een pers, een ouderwetse, die je anders alleen in een museum ziet. Op een tafel ernaast ligt een vel met een getal erop, *1947*, de pikzwarte cijfers steken scherp af tegen het wit. Het is vast net gedrukt.

Aan de wand overal letters, proefvellen met het alfabet en dan gaat het na de Z nog verder. Eerst het verzoenende &-teken, iets later de veelbelovende dubbele punt, de bedachtzame puntkomma, de rij geeft het pas op met het joyeuze procent, &, :, ;, %, om het iets korter te zeggen.

'Hier is het,' fluistert Rob. Ze lopen naar de openstaande deur. De drukker haalt de hendel over, ze zien hem op de rug.

'Nou krijg je het,' zegt Yvette.

# De drukkerij

Je vraagt je af of Yvette niets anders aan haar hoofd heeft dan het zoeken van een letter, terwijl ze met de andere al jaren makkelijk rondkomt, maar dan ken je haar niet.

'Hoe had u zich hieruit gered?' dat is haar lievelingsrubriek in een weekblad, waarin lezers beschrijven hoe ze in een penibele situatie terecht zijn gekomen, denk aan de man die een vloer verft en zichzelf in een hoek heeft geschilderd. Hoe krijgt hij zichzelf daar weer uit? Nu ze zich in een geschiedenis heeft gemanoeuvreerd waarin de taal zelf op het spel staat, mag ze het niet opgeven.

Het voorbeeld met verf op de vloer is een beetje grof, maar de rubriek komt af en toe met verrassende verfijningen. Zo zocht een lezer wekenlang naar Engelse woorden in een lange Nederlandse tekst, het was me een gestaffel en gezoek. Z'n dochter zei: als je er eens een Engels zoekprogramma op loslaat?

Een ander moest toen hij eindelijk aan de beurt was z'n museumjaarkaart laten vernieuwen, terug in de rij, met wel honderd wachtenden. Tot z'n vrouw zei: dan laten we hem in dat museum hiernaast verlengen, daar komt zo goed als niemand. En toen ze die kaart daar binnen een minuut hadden, mochten ze in het drukke museum doorlopen. Leden hebben voorrang.

Zo'n soort oplossing zoekt ze, die moet en zal ze vinden, misschien wel bij de drukker, die net het verse druksel tegen het licht houdt, weer 1947, z'n lievelingsgetal of heeft iemand het bij hem besteld?

Hij legt het op het andere vel, 'kan ik iets voor u drukken?' een stem met een braam erin.

'Wie weet,' zegt Rob en nu hij tot klant is gepromoveerd loopt hij half en half de zaak in.

De man pakt een kom van achter een doos en begint te lepelen.

'Kent u dat?' vraagt hij, 'de soep smaakt veel lekkerder dan toen ik hem een paar dagen geleden had getrokken.'

'Nooit over nagedacht,' zegt Yvette, terwijl ze met een loep de kleine letters op een proefvel bekijkt. Bij iemand die over z'n eigen soep begint, moeten ze snel weg.

'Nee, echt, 't is net of de ingrediënten op die eerste dag nog een beetje tegenstribbelen, omdat ze nog niet aan elkaar gewend zijn.'

'Ze moeten elkaar nog leren kennen,' zegt Rob toegeeflijk.

'Waar is hier...?' vraagt Yvette.

'Aan het eind van de gang... helemaal links...'

Ze hoort nog dat Rob over 1947 begint. De drukker zegt dat het niet alleen een jaartal is, 'op Broadway is het gewoon een huisnummer, zo lang is die straat... en de opdrachtgever heeft ook nog eens precies dat aantal stenen geteld, in...'

Waar die stenen zijn geteld, kan Yvette niet meer horen. Ze is de gang uit, nu naar links en blijft staan voor een schilderij van een tafel.

Het witte tafellaken beslaat haast het hele doek, schuin omhoog, een paar glazen en borden. Het meeste is al afgeruimd en zo zie je de deuken en inkepingen van waar iets heeft gestaan. De tranen springen in haar ogen. Het ontbrekende, wat er niet meer is en daar de littekens van.

Iets verder doet ze een deur open... wat een troep... die drukker denkt straks... water erover... tevergeefs... dan moet het maar zo blijven...

Ze loopt de gang weer in, meteen weg of Rob eerst nog even de afgeruimde tafel laten zien? Wat hoort ze, te zacht, hebben ze het over Dubout, 'bent u met hem bevriend?' vraagt de drukker.

'Niet echt,' zegt Rob.

'U bent hem wel eens tegengekomen?' vraagt de man.

'Ook niet,' zegt Rob, 'af en toe iets van z'n werk.'

'Merkwaardig type,' zegt de drukker, 'u heeft die paraplu's hier buiten zien staan?'

'Door de hele stad,' zegt Yvette fel, de man heeft een jongensachtig gezicht, hij moet al dik over de vijftig zijn.

'Die schermen heb ik voor hem bedrukt, hij vroeg het nadat hij eerst met 1947 was aangekomen.'

'Wie is die Cindy dan?' vraagt Yvette. Nu weet ze zeker dat de tekeningen in de envelop van Dubout zijn. Dat ze daar niet eerder aan heeft gedacht... dan was hij ook met Cindy in de kathedraal, in die stompe hoeken...

'Een vrouw hier in de stad, denk ik. Hij wil dat ze haar naam overal ziet. Pakt u straks ook maar een paraplu, ze kosten niets, meneer Dubout heeft alles betaald.'

'Dat zal vast,' zegt Yvette, 'was die Cindy ook hier?'

'Nee, hij was alleen.'

'Hij zei zeker niet veel?' vraagt Rob.

'Hij was juist heel openhartig,' de man kijkt naar Yvette en dan naar Rob, 'hoe lang kent u elkaar?'

'Pardon?' vraagt Rob.

'Gaat u eens mee,' de man loopt z'n atelier in en blijft staan voor een kaart van het periodiek systeem. 'Die heb ik eens gedrukt voor een middelbare school.'

'Alle leerlingen kregen er een?' vraagt Rob.

'Zo'n vijfhonderd, ja. Dubout keek naar de formules voor goud, helium, fosfor en de andere stoffen. Zegt hij: het periodiek systeem der vriendschappen.'

'Elementen die met elkaar bevriend zijn?' lacht Yvette. De man heeft rossig haar en springerige wenkbrauwen.

'Nee, mensen. Hij dacht aan een kaart met de namen van vrienden en vriendinnen, en onder elke naam, *sinds 1979*, *sinds 1966* of *sinds 1991...*'

'...nee toch...' zegt Yvette.

'Iemand is zo oud als de jaren dat je hem kent,' zegt de drukker.

'En hij gaf u toen de namen van al z'n vrienden,' vraagt Rob.

'Nee, dat niet.'

'Waarom zegt hij het dan?' vraagt Yvette, denk je 'm te hebben, ontglipt hij je weer.

'Weet ik het,' zegt de man. 'Misschien doe ik dat ook wel, zo'n vriendschapskaart, niet voor niets zoals met die paraplu's. Er zit een goeie handel in.'

'Het is zijn vondst,' zegt Rob.

'Ik mocht de kaart rustig zelf maken, daar zat hij niet mee. Hij veranderde de dingen waar je bij zat. Mevrouw keek net door dat vergrootglas en voor je het wist stond er een groot glas ver van je af en moest je ernaartoe lopen om het weer in een loep te veranderen.'

'Een soort openbare rebus,' lacht Yvette, 'wat een vreemde man.'

'Een aardig spel, zullen we maar zeggen. Soms werd het me een beetje te veel en ik ben met al die typografie wel wat gewend.'

De man tikt op een stapeltje goedkope reclames en verschuift een paar geboortekaartjes, rustig papier waar niets mee kan gebeuren. Hij kijkt Rob en Yvette aan.

'Het was of hij hier de leiding kreeg over de geringste voorvallen. Ik heb me er ook een beetje in bekwaamd en nu maar zien of het lukt, al weet ik niet eens hoe u heet.'

*De man en de vrouw lopen de gang in, langs een zo goed als wit schilderij, en gaan de tuin in. Daar kijken ze naar de goudenregen. 'Wat weet hij nog meer van Dubout?' vraagt de vrouw.*

of

*'Wilt u soms ook soep?' vraagt de drukker. Ze nemen een kom. 'Het is al weer een minuut of twintig later en dan moet hij nog lekkerder zijn.'*

of

*Ze lopen naar buiten om vast een paraplu uit te zoeken. 'Zou hij ook weten waar Dubout woont?' vraagt de man vlug, vlak voor ze weer naar binnen gaan.*

‘Wat een mooie goudenregen, ik heet Yvette...’

‘En wat een heerlijke soep, mijn naam is Rob...’

‘U bent hier echt niet weg geweest,’ zegt de drukker, ‘en ik wil best nog wat soep voor u maken, maar u heeft er nog niets van gehad.’

‘Maak dat de kat wijs...’ zegt Yvette.

‘Waar zijn uw paraplu’s dan? Die staan nog rustig buiten. Dat is nou de kracht van een paar regels, zei Dubout. Ik geloofde hem eerst ook niet. Als er echt ’ns iets vreemds gebeurt, probeer je het altijd weer gewoon te maken.’

‘Het is toch een fotograaf?’ oppert Rob.

‘Wat maakt dat uit. Hij geeft je de illusie dat je ergens anders bent, maar dat is natuurlijk niet zo. U staat hier, dacht ik, vlak bij mij.’

‘O, op die manier,’ zegt Yvette.

‘Op een foto is het ook zo. Je bent niet echt ergens anders en toch geloof je het even.’

‘Het is of je over je eigen huid streelt,’ zegt Yvette, ‘of je bloed vlugger stroomt.’

‘Cijfers verlangen soms naar het laatst getelde, dat zei hij. Een aantal tomaten, hoe fraai ook tegen elkaar, dat is voor een 5 of een 7 heel wat anders dan het tellen van bewegende bedeltjes aan een armband. Zo had hij het ook over de 27ste letter die volgens hem nog aan het alfabet ontbrak.’

‘Daar heb je ’m,’ zegt Yvette.

‘Ik vroeg hoe die er dan wel uitzag, dat wist hij nog niet. Of hij wist het wel, maar hij zei het niet, dat kan ook. Hij bleef er een beetje vaag over.’

‘Weet u ook waar Dubout in deze stad woont?’ vraagt Rob.

‘Ziet u wel,’ zegt de drukker, ‘nou zegt u het echt,

heel wat anders dan toen ik u het zo-even liét zeggen.'

'Hou toch eens op met die taalgrapjes,' spartelt Yvette tegen, 'we hebben wel iets anders aan ons hoofd.'

'Het enige wat hem even van zijn stuk bracht,' gaat de drukker verder, 'was een stripboek.'

'Blijf bij die 27ste,' smeekt Yvette.

'Doe ik ook. Hij was er kortgeleden achter gekomen dat een stripboek ook zo heet, *De 27ste letter*.'

'Hoe zag dat boek er dan uit?' vraagt Yvette.

'Het was onvindbaar.'

'Als die letter er al is, kan hij er net zo goed mee ophouden,' zegt Rob.

'U bent te somber. Voor Dubout was dat dubbele juist de kracht van de gedachte. Als iets er werkelijk toe doet, duikt het altijd ergens op, in de meest uiteenlopende vormen.'

De drukker stelt zich voor, hij heet Joe, had een Amerikaanse moeder, 'kijk,' zegt hij, 'dit heb ik ook nog voor hem gedrukt.'

Joe laat een kaartje zien, het past in z'n handpalm, het is de foto met Abbie en Jan in de verte.

'En hij zei niet dat er ook nog iets in de rechter benedenhoek moet?' vraagt Rob vlug.

'Nee, de foto voor het hotel heb ik ook gedrukt. Het getal 1947 en nog een paar dingen moet ik naar Bilbao sturen, poste restante. Daar is hij gisteren naar vertrokken.'

'Is-ie weg?' vraagt Yvette. 'Kunt u ons er dan niet heen praten of hoe deed u het, zoals u ons net naar de tuin en de paraplu's kletste?'

'Dat is voor de sier. De grote lijn die doorbreek je niet, nee, u moet echt het vliegtuig nemen.'

# Lang weekend

Het heeft gelekt, in een bovenhoek van de kamer, gele kringen en bochtige strepen, net langs het meisje met de Mexicaanse pop. Nu Abbie een weekend weggaat, doet ze het schilderij in een kast. De dakgoot is gemaakt, dat zeggen ze tenminste, je weet het maar nooit.

Over twee uur vertrekt het vliegtuig naar Londen. Ze drentelt door haar huis, neemt moeilijk afscheid van Gijs de poes en van haar werk, gaat zitten en bekijkt nog wat eerste woorden op haar werktafel.

'Pfaff, smiert,' soms zit een klank dichter bij een woord dan ze denkt. Naar een paar kinderen moet ze gauw terug, dan legt ze het net vast, de overgang van puur geluid naar betekenis.

Ze staat op, ritst met een vinger langs een stapeltje ondergoed, loopt naar de gang en kijkt in een spiegel, die er allang niet meer is, waarom doet ze dat nou.

Al die kiekjes van het eiland, ze staan nog steeds tegen de boeken, Yvette heeft ze mooi neergezet. Met Jan vlak voor de witte bergen, ze tikt de foto iets rechter en denkt aan de in het niets verdwenen fotograaf.

Het is een uur vliegen en dan nog een upgrade van een stewardess, Jan ziet haar wel eens in het café.

'Heb een afspraak met Phia en Riekje,' zegt Abbie voorzichtig.

'Nee, hè...'

‘...wat maakt dat uit... ze gaan ook die kant op...’

Speciaal voor Leonardo da Vinci naar Londen, het grootste overzicht ooit, in de National Gallery. Jan heeft zich goed voorbereid.

‘Weet je dat Leonardo wel eens in een sloot gaat liggen om te kijken of de uitdrukking zo helder als water wel klopt?’

‘En?’ lacht Abbie, altijd iets bijzonders, daarom vindt ze hem leuk, al komt het meestal van een ander.

‘Hij denkt van niet. Past Yvette nog op, zo heet ze toch?’

‘...steeds geprobeerd... kreeg haar niet te pakken.’

‘En je laat je kat niet graag alleen,’ zegt Jan.

‘Zeur niet, het is maar voor een paar dagen, heb vier schoteltjes met de duurste brokjes voor Gijs neergezet.’

‘Verwend beest.’

‘Iets anders lust hij niet.’

Ze vliegen boven stapelwolken, hoeveel kan Jan er zien? Drie, vier, daar nog een paar, als je een oneven getal vermenigvuldigt met een even getal wordt het altijd even, zegt Leonardo. Eens kijken, drie maal vier is twaalf, zeven maal acht... zesenvijftig, ja het klopt, elf maal zes is zesenzestig.

‘Waar denk je aan?’ vraagt Abbie.

‘O, niets.’

‘Het is me vreemd te moede.’

‘Wat deftig,’ zegt Jan, ‘als je nou zei “voel me vreemd”...’

‘Nee, het is me vreemd te moede... soms... niet steeds...’

‘...sinds wanneer...’ vraagt Jan.

Abbie vertelt iets over de lunch met Phia, Riekje en Yvette, net toen ze van het eiland terug waren, 'er gebeurde niet veel, samen de kiekjes bekeken...'

'...blij dat ik er niet bij was.'

'...gelukkig niet... vanochtend was het net of het getal 27 over de boterbloemen is verspreid...'

'Nou dat weer...' zegt Jan, 'denk er maar niet aan...'

'...nee, het staat er, echt, Riekje dacht het ook. Ze begon nog een heel verhaal over de oorbellen van Yvette.'

'Die je op het eiland voor haar kocht.'

'Aan elke kant een oog, als op de schotel van Santa Lucia, de heilige van het licht... ze is de brandstapel op gegaan.'

'Mogen ze Riekje ook op leggen.'

Ze zijn lang niet in Londen geweest, lopen door de stad op zoek naar niets en juist dan vind je alles, een winkel voor linkshandigen, een boek over wandelstokken van Catherine Fairweather, een etalage met bijna alleen vingerhoeden.

Ronnie Scott is er niet meer, z'n jazzclub bestaat nog steeds, in Frith Street, vanavond Snoop Dogg en de jazzpianist Paul Bley, wat een gekke combinatie, daar moeten ze heen.

Ze lunchen in Romilly Street, het restaurant bestaat al zo lang, Oscar Wilde heeft er nog gegeten. Daarna dwalen ze maar door en komen op Berkeley Square, 'dacht dat het in New York lag,' zegt Jan.

Abbie zingt het zacht,

*...and a nightingale*
*sang in Berkeley*
*Square...*

Bij een antiquair pakt ze een witte handschoen. Aan de binnenkant is met fijne steekjes het centrum van Londen geborduurd, de Thames op de pink, Charing Cross waar de ringvinger begint. Het plein waar ze staan, tussen Hyde Park en Piccadilly, ligt op de muis van de hand.

'Die moet ik hebben,' zegt ze tegen Jan. De verkoper zoekt de rechter handschoen erbij, helemaal wit, geen straat te bekennen, 'ze komen nog van de Great Exhibition,' zegt hij, 'in 1851.'

Dertig pond, 'ik doe ze meteen aan, hoef ik niet meer op dat kaartje van het hotel te kijken.'

'Het lijkt wel porno,' lacht Jan, 'je kijkt er zo steels op, alsof het eigenlijk niet mag.'

Ze lopen naar Berkeley Street. In Parijs gaan ze altijd naar het veilinghuis Drouot, 'daar verkopen ze zelfs een mottige bontjas, waarom hier niet eens naar Murphy's, daar heb je vast ook van alles...' zegt Abbie.

Ze kijkt op haar handschoen. Jan schakelt vlug z'n iPhone in, hij heeft 'm nog maar pas.

'Je gaat toch niet midden op straat de krant zitten lezen,' hij heeft Abbie bezworen er niet te vaak op te kijken.

'Nee, nee, alleen het adres, heb het al,' zegt hij trots, "t is hier vlak om de hoek.'

Het gaat Abbie iets te vlug, dat je het zelf moet vinden, half misloopt en van alles tegenkomt, die ontdekkinsgsreis mist ze. In een etalage ziet ze een schilderij van een slanke man in een stad met hoge gebouwen, een hoed, witte handschoenen, zonder kaart, ze lacht.

Het is van Anton Räderscheidt, vast het Berlijn van de jaren twintig, niet aan Jan vragen, anders zoekt hij het op. Hij heeft z'n iPhone nog in z'n hand.

Daar heb je Murphy's, een gewelfde gevel met hoge negentiende-eeuwse ramen. Geen portier, niemand vraagt iets, witte muren, een marmeren vloer.

Wat een kindertekeningen, Abbie loopt door, een terracotta kop van een vrouw, Egypte... een paar meisjes van Marie Laurencin... een vaas uit China... geribbeld porselein, uit 1100... heel gebleven, al die tijd.

Daar hangt een jurk van Balenciaga, zwarte zijde, met parels bezet en nog een extra kort rokje boven de lange rok, kon ze het maar even voor zich houden.

Vreemd te moede... of haar aandacht wordt getrokken door de muren en het plafond... de ramen, de deuren die op de zaal uitkomen... niet een aquarel van Klee of een zeventiende-eeuwse kruiwagen... of alles waar je nooit naar kijkt... waar is Jan?

In de verte, hij zwaait dat ze naar hem toe moet komen. Heeft-ie weer iets op z'n iPhone opgezocht?

Hij wil haar vast iets bijzonders laten zien, niet meer vreemd te moede. De vlugge passen van Jan en zij achter hem aan, een glimp van een meisje dat zit te lezen, in een blauw-geel gestreepte jurk, 1930, ze kan hem nauwelijks bijhouden...

In een nis van een zaal wordt een film vertoond, 'wist niet dat ze die ook veilen,' zegt Abbie.

Je ziet drie mannen op een veld. Ze werken aan een digitale klok van latten, compleet met een punt van hout tussen de uren en minuten. Hoe laat is het? 13.50, een ladder erbij, ze slopen de cirkel, de nul verandert in een één, precies op tijd.

'Net Leonardo,' zegt Jan, 'die had het kunnen ontwerpen.' Het liefst zou hij nu de vermenigvuldiging van oneven met even gaan uitleggen. Hier kan hij niet tegenop, hij houdt zijn mond.

'Bij ons is het een uur later,' zegt Abbie.

Dizzy lopen ze verder, 'ik ben m'n vulpen kwijt,' zegt Jan, hij slaat op de zakken van z'n jasje.

'Wat vreselijk voor je... heb je overal gekeken?'

'En m'n loep ook.'

'Moet je twee dingen zoeken...' stelt Abbie vast.

'Nee, toch maar één... de loep en de vulpen zitten in hetzelfde etui.'

'Dat weet je zeker...'

'Misschien in m'n jas,' hij loopt naar de garderobe.

Abbie staat voor een meisje in een kamer, van een jaar of twee, in een lange pon. Hoe heet de schilder, Vuillard, ze kent 'm niet. Het kind staat er zomaar, zonder iets van plan te zijn, het helt een beetje voorover naar een stoel, zonder iets te pakken. Ze strekt haar arm niet eens uit.

Hoeveel kinderen heeft ze dit niet zien doen, zo goed als niets. Ze deed het zelf lang geleden, zomaar ergens staan. Niemand vraagt iets van je. Zou het kind nog leven? Nee, kan niet meer. Hier staat het nog. Het is onsterfelijk. Niemand roept het kind, alles wat toekomstig is, het is er al, zit eeuwig verborgen in de armen en benen.

Tranen naar haar ogen, zo'n dochter wilde ze hebben. Kindertekeningen aan de muur, die zijn ze eerst voorbij gelopen. Het lijken wel letters, een waaier, een doolhof, een driehoek met rozen, sprookjesachtig, in de felste kleuren.

Abbie krijgt er genoeg van voor vandaag, lekker naar het hotel, douchen, wat slapen, kijken waar je uit eten gaat...

'Mevrouw, wilt u m'n veter vastmaken,' vraagt een

meisje van een jaar of acht, 'ik heet Sue...'

'Kan je moeder dat niet beter doen...'

'Die werkt hier... ik kom net van school.'

'Kun je het zelf dan nog niet...' vraagt Abbie.

'Jawel, maar dan krijg ik 'm niet zo strak,' Sue kijkt smekend naar haar schoenen.

Abbie bukt zich, 'zet je voet maar op die stoel...'

'Zo goed?'

'Speel je hier, als je moeder werkt?' niet eenvoudig dat strikken als het je eigen schoen niet is.

'Ja, dat mag.'

Nu nog de andere schoen, iets lager, Abbie kijkt over de schoen heen, een plint, een paar stappende benen, een glimplek op de vloer, het tweede strikken gaat automatisch.

'Heeft u Kuifje al gezien?' vraagt Sue.

Daar heb je Jan weer, 'zat het in je jas?'

'Nee,' zegt hij teleurgesteld.

'Wie zei je?' Abbie bukt zich, Sue staat al weer rechtop.

'Kuifje... daar,' Sue wijst naar de kindertekeningen.

In het midden hangt een tekening van Kuifje en Bobbie, met daarnaast een grote foto. Ze lopen er met z'n drieën naartoe. Abbie slikt even, krijgt het nauwelijks uit haar mond, ze tikt het meisje op haar schouder, wijst naar de foto en dan zegt ze het, 'dat zijn wij.'

# Een vriend bij het kijken

In musea al die jaren iets van anderen mooi vinden en nu sta je er zelf op.

'Het is niet waar,' zegt Jan.

'Je ziet het toch.'

'Het lijkt,' zegt Sue.

Hoe komt de foto zo gauw hier? Dubout heet de fotograaf, Alain Dubout, dat staat op het kaartje rechts onder de foto.

'Hij heeft zich niet eens aan ons voorgesteld,' zegt Abbie.

'Wij toch ook niet, dat doe je niet in de bergen.'

'Hij vindt 'm zeker zo goed dat hij hem al wil laten veilen.'

'Wist ook niet dat het zo gauw ging...' zegt Jan, '...zeker geld nodig...'

'Is die van jullie?' vraagt Sue.

Abbie komt steeds dichter bij de foto, alsof ze wil controleren of hij echt bestaat. Er bolt iets van roem in haar borst, de hele wereld zal haar kennen, 'wat is-ie scherp,' niemand kan haar ooit nog vergeten.

'Vindt u hem ook zo mooi?' vraagt een man van een jaar of dertig, keurig in het pak, met een zilvergrijze das. Hij heeft net promotie gemaakt, is nu junior assistant contemporary art.

'Ga jij eens ergens anders je veters laten strikken,' zegt de man tegen Sue, geeft haar een duw in de rug en tegen Abbie en Jan, 'dat doet ze altijd.'

'Dat zijn wij,' zegt Abbie en ze wijst naar de twee gezichten op de foto. Er kan geen misverstand over de gelijkenis bestaan.

'How charming,' zegt de man, 'er is steeds wat met die foto.'

'Komt-ie van Dubout?' vraagt Jan.

'Dat mogen we niet zeggen,' hij stelt zich voor, 'John Cummings is de naam.'

Abbie zegt dat ze de fotograaf nauwelijks kennen, gewoon ontmoet op een eiland, in een berghut, 'of hij even een foto van ons wilde maken.'

'En dat deed-ie zeker meteen. Vindt u het goed dat ik, op mijn beurt, dit hoogst bijzondere moment even vastleg voor ons archief?'

Cummings vraagt of ze zich links van de foto willen opstellen, dicht bij elkaar. Weer staan ze in het berglandschap, twee keer zelfs, *in* en *bij*, al is het dit keer naar Londen verplaatst.

'Wat is het nummer van uw iPhone, sir? Ik weet zeker dat u er een hebt.' Dat heeft hij vast gezien, denkt Abbie, maar ze zegt het niet. De stemming is zo goed, die moet ze niet met een kleinigheid bederven.

'Wat mooi,' zegt Jan, als hij de foto heeft ontvangen.

'En nu ik nog even,' Cummings gaat vlug naast Abbie staan, ze lachen tijdens de pose.

Die dag lukt alles, een film met Helen Hunt en Jack Nicolson, whisky in de Red Lion, een pub in de Duke of York Street en dan nog eten bij een visrestaurant aan Leicester Square. Ze hebben niet eens gereserveerd, dan kom je er anders nooit in, steeds het gevoel dat alles door die foto komt.

Ze hebben er afgesproken met Phia en Riekje, Jan

had er geen bezwaar meer tegen, konden ze alles over Dubout vertellen. Jugendstil-tegels op de muur en daar, aan het raam, zit Helen Mirren met een vrouw te praten, kijk dan, 'ze speelt de koningin,' zegt Phia, 'die film ken je toch wel?'

'Leonardo,' roept Jan, 'helemaal vergeten,' hij houdt het niet meer en rent naar een kiosk om een *Time Out* te kopen. Naast z'n bord met tong bladert hij nerveus in de gids, waar staat het, hij kijkt Abbie aan, 'pas over twee maanden.'

Abbie gebaart van wat maakt het uit, 'we hebben John niet eens gevraagd naar al die kindertekeningen.'

'Wat voor kindertekeningen?' vraagt Riekje.

'Die hingen bij de foto, het leken wel letters,' zegt Abbie.

'Dat had je ook op het jeugdjournaal,' zegt Phia, 'de 27ste letter... door kinderen getekend.'

'Had ik toch gelijk,' zegt Riekje.

Niemand gaat erop in. Waarom zouden ze? Helen Mirren vergeten ze, het gaat om Abbie en Jan en hun zo plotselinge roem.

'Staat die foto ook niet op een van jouw rolletjes?' vraagt Riekje.

'Hoe bedoel je?' Abbie is zo vervuld van haar portret dat ze de simpelste vraag niet kan beantwoorden.

'De foto's die Yvette heeft laten ontwikkelen.'

'Dat is zo... door Dubout gemaakt...'

'Dan is die net zoveel waard,' lacht Riekje.

'Het blijft van hem,' zegt Abbie, 'hij heeft ons gefotografeerd,' je hoort aan haar stem dat Riekjes opmerking haar verwart.

Jan laat Phia en Riekje weer de foto op z'n iPhone zien, 'wat staan jullie er goed op,' zegt Phia, 'zoiets gebeurt mij nou nooit.'

Na het eten naar Ronnie Scott, de verstilde jazz van de pianist Paul Bley, wat speelt die al lang, en daarna de rapper Snoop Dogg of Snoopy Dogg, hoe noem je hem, een double bill, het past bij elkaar, hoe verschillend hun muziek ook is.

Als ze in de nacht naar hun hotel lopen, trekt Abbie haar pas gekochte handschoenen aan.

'Wat staat daarop,' vraagt Riekje. Voor het eerst is ze echt verbaasd, meer nog dan bij de foto.

'Een plattegrond uit 1851...'

'Kun je onder het lopen kijken waar je heen moet,' zegt Phia, 'vast geen straat bij gekomen...'

Ze nemen afscheid, het hotel van Phia en Riekje ligt aan de andere kant, vlak bij Hyde Park. Jan en Abbie moeten naar Russell Square.

'Wat een avond,' zucht Abbie.

'Die handschoen was iets te veel,' kan Jan niet nalaten te zeggen, 'zo ging het alleen over ons.'

'Daar moeten ze dan maar tegen kunnen.'

De volgende morgen is Abbie al vroeg wakker, ze ligt nagenietend in bed. Ziet ze wat confetti bij de radio, van een eerdere gast? De telefoon gaat, wie heeft haar zo vroeg nodig.

Het is Jan, of ze komt ontbijten, hij móét haar iets laten zien. In een hotel belt hij anders nooit, laat staan dat hij tegen de deur tikt. Ze heeft niets met hem en dat is wel zo prettig, een vriend bij het kijken, dan ben je niet alleen.

Abbie neemt een douche en schiet haar kleren aan. Het zal wel iets belangrijks zijn. Ze maakt zich vlug op, loopt naar de deur en doet haar nieuwe handschoenen aan, of eerder oude, lang geleden gemaakt. Niet eens nodig, maar ze staan zo mooi.

De trap af naar de ontbijtzaal, of met de lift? De trappen, het is of ze zweeft, zelf meer waard is geworden. Er ligt een prentbriefkaart met Wayne Rooney op een trede, die had ze anders opgeraapt. Ze stapt over de voetballer heen, bukken past niet bij haar hoofse bewegingen.

Waar zou Jan zitten? Achterin, denkt ze, met z'n rug tegen de muur, 'dan kan niemand je van achteren aanvallen,' heeft hij in Hotel Métropole in Brussel eens tegen haar gezegd, dat ze dat nog weet.

Jan zit in het midden van de zaal, achterin is het vol, en wenkt, alsof ze hem anders niet kan vinden. Er ligt iets op haar bord, een krant, hij gebaart ernaar, bij wijze van goedemorgen?

Ze glimlacht, zo van 'wat leuk', en dan staat haar gezicht weer ernstig. Weet niet eens wat ze het eerst ziet, de hele foto of haar eigen gezicht en dat van Jan, naast de bergen waar ze verkleind en toch heel duidelijk op staan, een double bill, als Bley en Snoop gisteren, maar dan in een en dezelfde seconde.

Ze kijkt Jan aan en hij zegt niets, spreidt z'n handen van 'zo gaat het'. Het is *The Sunday Times*, een kader met foto op de voorpagina, waar je het al te ernstige wereldnieuws iets mee verzacht.

Ze doet haar handschoenen uit, haar ogen snellen door het bijschrift, 'bij Murphy's... foto van Alain Dubout... een man en vrouw in het veilinghuis... zomaar, zonder het te weten... ze staan ook in de begen... dezelfde mensen, je ziet het aan de kleur van hun haar, de vorm van hun gezicht...'

Jan staat op en loopt naar het buffet met roerei, spek en beans in zilveren schalen, laat haar even alleen, om het te verwerken.

'...de foto hangt tussen de 27ste letter, wel veertien, getekend door Nederlandse kinderen... het is de laatste in een serie van Dubout over het alfabet... wordt over een paar weken geveild...'

Abbie leest het nog eens en nog eens, of er achter de tekst een andere mededeling schuilgaat die ze maar niet te pakken kan krijgen. Daar staat haar naam, ze is wereldnieuws, Jan ook, maar die is even weg. In hoeveel landen wordt de krant niet gelezen, jubelen, dat wil ze, en juist dat geeft haar het gevoel dat ze nooit eerder heeft bestaan.

Ze moet zich inhouden tussen de ontbijters die nergens van weten, al ligt *The Sunday Times* hier en daar op tafel, soms al gelezen. Er ligt nog een hele stapel bij de deur, niet eens gezien toen ze er voorbij liep, zo lette ze op Jan.

'Wat vind je?' vraagt Jan zacht, hij is terug, met een dampend Engels ontbijt. Z'n hand naar z'n iPhone, hij pakt hem net niet. Wat zou hij op moeten zoeken als het voor z'n ogen gebeurt?

'...vandaar dat-ie op het eiland over het getal 27 begon... z'n mooiste letter...'

'En jij dacht nog dat hij je leeftijd schatte.'

'Ik moet John Cummings bellen,' zegt Abbie.

'Zou je dat wel doen... het is zondag.'

'...maakt me niets uit...'

'Vooruit...' Jan maakt weer dat gebaar van 'ga je gang', gunt haar alle ruimte, het is haar fototoestel, en hij bromde nog wel van 'moet dat nou' toen ze Dubout in de berghut aansprak.

Abbie loopt door de ontbijtzaal en even denkt ze dat een jonge vrouw haar herkent of zit er iets op haar gezicht, ze strijkt langs haar wang. Nu gaat ze de zaal uit en tikt met haar pink tegen de stapel met *The Sunday Times*.

Waar is het kaartje van Cummings? Half gevouwen achter haar poederdoos, het ging gisteren zo snel. Ze belt hem op en weet niet eens wat ze tegen hem wil zeggen. Het is eerder dat ze de man moet spreken die iets te maken heeft met haar plotseling zo dubbele bestaan.

'Cummings.'

'Waarom heeft u dat niet gezegd?' ze valt er zomaar in, noemt haar naam niet eens.

'Ik wilde u verrassen,' hij herkent haar stem.

'Dat is dan wel gelukt.'

'Sprak een bevriende journalist over iets heel anders, vertelde hem over uw komst en hij vond het een prachtig verhaal,' verkleint Cummings z'n eigen rol in de hele geschiedenis.

'Houdt u me verder op de hoogte?' waarover dan wel, dat kan ze zo gauw niet bedenken.

'Ik heb uw adres, en nog een plezierige tijd in onze hoofdstad.'

'Stuurt u me de catalogus?'

'Doe ik,' de zangerige klank geeft aan: dit is het slot.

Ze loopt snel terug naar hun tafel, 'wil er tien, twintig, anders wel honderd kopen...'

'...al die kranten mee in het vliegtuig...'

'...dat had Leonardo ook gedaan,' lacht ze, 'anders koop ik ze wel in Nederland.'

‘Zou er voor ons ook niet wat in zitten?’ vraagt Jan.

‘Wat wil je nog... we staan in de kránt...’

‘Financieel... er bestaat toch portretrecht...’

‘Niet aan gedacht... wacht ’ns, wij hebben die foto ook...’

‘...staat zeker in je boekenkast...’

‘Maar je kunt ’m opblazen, vergroten,’ gaat Abbie door, ‘het blijft een kunstwerk, door Dubout gemaakt...’

‘...met jouw camera... net zoveel waard... dat zei Riekje ook al...’

‘Als we ’m eens op de markt brachten?’

‘...of we geven ’m aan een museum...’ stelt Jan voor, ‘ze exposeren daar steeds meer foto’s...’

‘...dan wel in bruikleen... wordt-ie alleen maar meer waard...’

‘...met jou als meisje van Vermeer...’

‘...en m’n Engelse handschoenen erbij...’

Hij zoekt op z’n iPhone, *The Sunday Times*, daar staan ze, de voorpagina, openbaar voor de hele wereld.

# Palais de danse

Femke is het ballet van groep zes aan het instuderen. Het wordt een dans over de 27ste, de kinderen waren er niet van af te brengen. Vandaag oefenen ze in een echte zaal. Op de voorste rij liggen de kleren van de danseressen, al die kleuren zo slordig bij elkaar. Margriet legt haar spijkerbroek erbij, rokje uit haar tas, vlug, nog een paar treden naar boven.

De meeste kinderen zijn het toneel al op, ze lopen op hun tenen, een arm in de lucht, de andere gestrekt, zijwaarts, op de klanken van de piano, die door Brigit, de moeder van Margriet en Joost, wordt bespeeld.

Klaske loopt voor haar, als Margriet het niet meer weet kan ze haar vriendin gewoon nadoen. Een paar passen naar links, even wachten, naar rechts, net of je voet iets overslaat, zo voelt het, je benen zijn haast-komma's. Zo heeft Femke ze genoemd, als in *zo'n* en *'s middags*, win je door één pas een paar letters en ben je zo vlug waar je anders langer over doet.

Het is een repetitie en toch moet alles precies. Grote cirkels op de vloer, twee o's, helemaal rood, zo licht om daarop te dansen, of je door een kleur wordt opgetild.

De doolhof van Assia en nu gaan ze langs de andere decors voor de 27ste , een waaier met linten, aan een maantje bungelt een ster, de X met een cirkeltje tussen de benen van Margriet. Hun uitvergrote tekeningen, de echte zijn in Londen.

Struikelt Assia, valt ze languit, 't is gelukkig nog

niet de première. Femke haalt de verbandtrommel. Alle meisjes kijken naar haar voet. Wat een bloed, watten, jodium, 't ruikt zo lekker, en dan nog een dik zwachtel eromheen.

'Moeten we ook even stoppen?' vraagt Brigit, van achter de piano.

'Speel maar door.'

Assia krijgt een stoel onder haar voet. Vanaf de eerste rij kijkt ze triomfantelijk naar de andere danseressen.

Changement de décor, een kaart van de wereld onder hun voeten, de hiel brutaal omhoog, naar beneden, omhoog... moet er een vliegtuig landen... hoe dans je dat...

...van hoog in de wolken naar beneden, Bilbao, Yvette heeft op de trap al haast, het is laat in de avond, vlug in het busje naar de aankomsthal. Daar loopt ze over restpapier, honderden snippers vastgeplakt op de vloer, een staking van schoonmakers. Ze staan er met pamfletten.

Rob moest terug naar de fotozaak, ze staat er nu alleen voor. De balie van Hertz, rent a car, Yvette geeft haar paspoort, krijgt papieren, vult ze in, wachten en nog eens wachten, alsof geen verplaatsing je echt wordt gegund.

Iemand heeft een krant laten liggen, de *Herald Tribune*, een lang stuk over een schrijver, hoe heet de man, Nicolson Baker, 'de taal geeft de werkelijkheid een schijn van precisie'.

Ze begrijpt het maar half, toch is het mooi, aan dit soort dingen dacht ze anders nooit. Ah, een Nederlandse krant, 'welk woord wordt het meest gebruikt...?'

De vrouw achter de balie wenkt, Yvette moet nog een paar formulieren tekenen, 'hier is de sleutel.'

Hoe het Baskisch naar haar toe waait, overal woorden met een schijn van precisie, de *Tribune* heeft gelijk. Op een deur leest ze *Konketak*, dat begrijpt ze. Het staat boven twee strikjes, het ene met een hoofd erboven en het andere met een hoofd eronder, man en vrouw.

Ze gaat naar binnen, kijkt in de spiegel, begint ze te vervellen, aan de zijkant van haar neus. Paar veegjes crème, ook op haar voorhoofd, 't is al bedekt.

Haar auto staat op een groot emplacement bij de aankomsthal. Weinig verkeer, de eerste reclame aan de rand van de stad, *Txakoli*. 't Is een witte wijn, die van hoog wordt ingeschonken, je ziet de stralen, goed mikken, zo zal het in een café ook wel gaan.

Allerlei woorden, op een muur *Eskarrik*, heel groot. *Asko*, zonder plaatjes, ze proeft het, spreekt het al rijdend uit. Van haar vader leerde ze als kind de taal, ze moest alles voorlezen, op muren en winkelruiten.

*Pelota*, dat is kaatsen, kampioenschappen in Mundaka, op een affiche slaat een man de bal tegen een muur. Wat is dat, *Ontzien*, dezelfde spelling als in haar eigen taal, een andere betekenis, maar wat?

Ze zoekt een plein, plattegrond in haar hand, daar heb je hotel Sirimiri, gisteren gereserveerd. Kamer met een niet goed draaiende ventilator, altijd wat in een hotel, de receptionist zal hem maken.

Het is veel warmer dan op het eiland, ze heeft een niemendalletje aangetrokken. De supermarkt is nog open, niet eens echt iets nodig, vlug naar binnen, dat heeft ze van haar zus Brigit geleerd, het is er weldadig koel. Erg lang wil ze niet blijven, een flesje water dan maar. Nu moet ze tegen de hitte weer een ander gebouw in gaan.

*Palais de danse*, het staat er in het Frans, dat heeft zich in een vreemde taal genesteld, beter is er in het Baskisch zeker niet te vinden.

Wat een ruimte, overal balkons, wel een stuk of twaalf. Goud beschilderde pilaren, door schijnwerpers verlicht. Ze loopt naar de dansvloer. Een vrouw zegt in het Engels tegen een vriendin dat ze een depressie heeft, haar decolleté niet zo te zien.

Even later gooit een jongeman een pepermuntje op de trommel van een schetterorkest. De drummer roffelt met z'n stokken, slaat het witte rondje er niet af, z'n eer te na. Het springt op en neer, belandt steeds op andere plekken van het strakgespannen vel.

Paso doble, overal dansers, een tango, het haar van de mannen zit soms tegen het hoofd geplakt, scherpe scheiding, als in de negentiende eeuw. Saxofoons, trompetten, zou ze echt vervellen, kan hier moeilijk aan haar neus gaan trekken, vast al gedaan, onwillekeurig. Ze kijkt om, het pepermuntje danst nog mee.

Een man in het zwart, ze heeft 'm gezien zonder hem te benoemen, anders kun je hier wel aan de gang blijven. Dan ziet ze dat het 'm is, hij komt dichterbij en vraagt haar met een lichte buiging, zonder iets te zeggen.

Een foxtrot, dat hij hier ronddwaalt, in een danspaleis, ze dansen en hij zegt z'n naam, zacht, niet te horen, zoals een tenniskampioene haar naam op de lens van de camera schrijft, onleesbaar. Na al die lobs en smashes weet je toch wie het is, 'ik wist dat je zou komen.'

Alain Dubout, zou Cindy er ook zijn? Het liefst wil Yvette zoekend om zich heen kijken, nee, ze hoort bij de dans en haar witte acrobaat in de verte, na drie, vier draaien van het paar komt het dichterbij, het pepermuntje.

'Whisper Not', dat speelt het orkest, je omgeving is weg, alleen nog je lijf, je passen. Ze dansen bij een hoog raam, dat je niet eens meer weet hoe je wentelt in een zin, losraakt van alle begrippen.

Yvette
*Alain*

Alain
*Yvette*

*Yvette*
Alain

steeds ander evenwicht, hun hoofden in een spiegel met gouden krullijst, aan de andere kant van de zaal.

*o, m'n lieve zwartkop*
*voel d'r 'ns hoe*
*m'n hart klopt*

't schiet haar te binnen, tegen 'Whisper Not' in en dan raken ze uit het zicht, gaan ze op in de massa. De namen van de twee dansers, die we zo lang hebben gevolgd, zijn gedoofd.

Er wordt gedanst alsof er nooit meer een eind aan

zal komen, alle leeftijden, zeventien, veertig, tachtig. Waar zijn ze, iets meer wit, dat lokt

komen ze vanzelf wel tevoorschijn, open ruimte moet worden gevuld. Niet te vinden, wacht, daar heb je ze, Yvette schrikt en heeft intussen nog tijd om mooi te zijn, het pepermuntje springt op de grond. De drummer wenkt met een stok. Yvette raapt het op en legt het op de trommel, hij speelt verder, heeft maar een paar beats gemist.

Ze gaan aan de kant zitten. Het tolt in haar hoofd, van alles wil ze hem vragen, over het eiland en de foto, Cindy en Abbie, over de letter en de veiling. Hij is haar voor.

Weet ze welk woord het meest wordt gebruikt, heeft-ie het uit de krant?

'*De* of anders *een*?' probeert Yvette. 't Is iemand die overal mee kan beginnen, paraplu's, het periodiek systeem of met het eenvoudigste woord.

'In de gesproken taal is het *ja*,' zegt Alain. Al weer wat anders, hij wijst naar het Baskisch op de muur, *gizonak* en *emakumeak*, 'jongens en meisjes betekent dat.'

Het doet hem denken aan een paar andere woorden. Hij pakt een notitieboekje, zoekt even en daar staat het, *id adms ijnzkr*, ook Baskisch zeker.

'Dat heb je in het Nederlands net zo goed,' zegt Yvette, '*schroom* of *schreeuw*, een trits medeklinkers achter elkaar.'

'Het is Nederlands,' zegt Alain, 'kijk steeds een letter verder in het alfabet en je krijgt *je bent zoals*.'

Hij trekt haar naar de dansvloer en praat gewoon verder, z'n moeder is een Vlaamse, hij spreekt het goed.

Of het haar ook is opgevallen dat je steeds vaker *kookle* hoort als er koninklijk wordt bedoeld en bij *'t tesseert me* moet je zelf maar bedenken dat iemand ergens belangstelling voor heeft.

Korte opmerkingen, een beetje ijdel, ze hoeft er, gelooft ze, geen antwoord op te geven, ze danst door.

Dan vraagt hij het, eerder rustig dan nadrukkelijk, alsof het om een kleinigheid gaat, 'zou jij 't willen doen?'

'Wat?'

'De letter, de 27ste spelen...' zegt hij.

'Ik?' praten tijdens het dansen, moet ze er ook nog bij nadenken.

'Zag je op het veld... tussen de boterbloemen...'

'...daar?' vraagt Yvette in een draai.

'...zocht je de 27ste...'

'...stond je daar dan te kijken...' vraagt Yvette en ze houdt hem iets verder van zich af om z'n gezicht te kunnen zien.

'...ja, ja...'

'...in de bergen?'

Er is een zangeres bij het orkest gekomen, zoals je die wel op schoolfeestjes hebt

*Ask me how do I feel*
*now that we're*
*cozy and clingin'*

net of ze het voor het eerst zingt, de charme van het begin

*well sir, all I can say,*
*is if I were a bell*
*I'd be ringin'*

De muzikante steekt een arm met vuist in de lucht, Alain komt iets dichterbij, 'je weet toch dat alle letters vrouwen zijn.'

'...geen idee...' maar ze denkt: mijn god, hij vraagt het me echt.

# Mundaka

Ze lopen langs de supermarkt. Als Yvette iets moois heeft gehoord probeert ze het te verlengen, ze zingt door, dan maar zonder orkest

*...all I can say*
*if I were a gate*
*I'd be swinging...*

en ze zwaait echt, hand om een lantaarnpaal, arm gestrekt, helemaal in het rond.

'Laten we naar Mundaka gaan,' zegt Alain.

Yvette blijft zwaaien, duizelig van de muziek en van haar suizende bloed.

*And if I were a watch*
*I'd start...*

'Mundaka,' houdt Alain vol.

*Or if I were a bell*
*I'd go ding, dong,*
*ding, dong, ding...*

En ze rijden naar Mundaka, koffer opgehaald, 'naar Mundaka... in het noorden, aan de Golf van Biskaje,' zegt hij.

Alain rijdt in haar auto en vertelt over een vals

blauw oog, een vriend van hem had het eens gedaan, geel en blauw poeder, net echt, ook een beetje paars.

Om dan ineens te beginnen over een tuin met beeldjes, zwart of wit, heel abstract. Er stond een mand met witte handschoenen, je moest een paar aantrekken als je een beeld wilde aanraken, al die handen over de welvingen, zo glad.

Niet stil, zoals ze dacht na de schaarse interviews, hij praat maar door, over van alles en nog wat.

'Heb wel 'ns iets geschreven met woorden uit een kruiswoordpuzzel, wie gebruikt nog rivaal of pluisbal, hebben ze eindelijk ook 'ns wat te doen.'

Ze legt een hand op z'n arm, 'dan was die puzzel zeker al af.'

Ze rijden langs Guernica, Gernika in het Baskisch, het gebombardeerde dorp.

'Je hoeft 't niet te doen.'

'Dat begrijp ik,' zegt Yvette. 'Had je eerst Cindy voor de 27ste gevraagd?'

'Die wilde niet of ze wilde eerst wel... ze gaf geen antwoord meer.'

'Wat een mooie tekeningen heb je van haar gemaakt.'

'Heb je die dan gezien?' even is hij verrast.

'Ja, op m'n kamer in het voetbalhotel... ook jouw kamer...' lacht ze.

'Zizi heeft ze al opgestuurd...' zegt Alain vlug, ''t is nog maar achttien kilometer naar Mundaka.'

'Kan het altijd incognito doen,' zegt Yvette, nooit versierd door een man die je een letter wil laten spelen.

'Je draait voor veel op,' hij blijft ernstig.

'Zelf zeker geen inbreng?' plaagt Yvette door.

Het begint te motregenen, 'weet je de naam van je hotel nog?'

'Kom er toch nooit meer... Sirimiri?'

'Dat betekent hier motregen, in het Catalaans heet het *xim-xim*,' zegt Alain.

Ontsnapt hij weer en toch is het geen bluf, hij kan niet anders.

'Een eind verderop zeggen ze *crachin*.'

'Over de grens bij Biarritz?' vraagt Yvette.

'Ja, daar, in Frankrijk.'

'Dan kies ik voor xim-xim... als je dat hoort... xim-xim...' ze lispelt het, '...is er geen verschil meer met de echte motregen...'

'...rijden we nu in Catalonië...' lacht Alain.

Hij vertelt dat hij net uit Pamplona komt, waar de stieren door de straten worden gejaagd. In Galicië zag hij de jongste paarden in de arena steigeren, helemaal zwart, dampend, net gevangen.

Een mooi verhaal, bij Alain is 't net of er iets aan ontbreekt, hoe wild de stieren en paarden ook mogen zijn. Anders entert hij de woorden zelf, zo goed kent ze hem al. Ja, pluisbal, motregen, niets laat hij met rust.

Het is een heldere nacht. Ze kijkt naar de heuvels en die probeert ze onder te brengen bij heuvels uit haar jeugd, ze kan er niets over zeggen, 't reikt niet tot een verhaal.

Mundaka, ze rijden door zoveel straatjes, om een plein, dan zien ze 't bord met de naam van het hotel. Kleine letters, bedeesd die *chambre*, *cámara*, *cambra*, je kan kiezen waar je wilt zijn.

Je ruikt de zee, de raampjes staan open. Alain parkeert, geen hooggeplaatsten met de taal in handen, gewoon twee reizigers die laat aankomen.

'Wilt u nog iets eten?' vraagt de receptioniste, 'ik heb op u gewacht.' Alain heeft twee kamers gereserveerd en toch kon hij niet weten dat ze meeging.

Yvette doet de deuren van haar balkon open, kamerlucht ontsnapt. Ze drinken buiten iets, horen de zee en dan zien ze die ook. Raakt hij haar schouder, deint ze mee... herinnert ze zich het pepermuntje en ze proeft 't niet eens...

't onbeschrevene... op je lijf... ca-tas-tro-phe... 't woord schiet haar zomaar te binnen... Engels ritme... zo mooi... klemtoon duikelt... welk woord het meest... stieren door de straten...

chambre... cámara... cambra... je moet het zelf weten zei hij... weet het niet... er komt een letter bij... dampende paarden... slinger van een aanraak... all he needed... a good pair of motherly tits... Capote... waar las ze dat nou... *Answered prayers...*

geen letter gelijk... Alain... Yvette... zeepaa(r)djes... letter erbij... if I were a lamp I'd light... handschoenen in een schaal... a banner I'd wave... unforced errors... letter bij komt... elantxobe... pla-ya la-da...

...iemand die je half in het donker... 's morgens in het licht... gekrinkelde lakens en dan ook nog een kamer die zichzelf uitpakt. Hij slaapt.

Ze loopt naar het balkon. Lange boten op zee, een oefening voor een wedstrijd. In het haventje haalt een jongen met een motorboot de kapitein van een jacht.

Binnen schrijft ze voor Alain iets op een kaart, *naar*

*het terras om te ontbijten*. Wat ligt daar op tafel? Het lijkt wel een schets van haar, heeft hij 's nachts zitten tekenen?

Drie tekeningen, ze loopt ermee naar het balkon, waarachtig, ook nog een van Cindy. Erg slordig, of kan het hem niets schelen dat hij ze openlijk met elkaar vergelijkt?

Yvette begrijpt nu pas goed dat ze de tweede keus is. Waarom wilde Cindy niet?

Hij slaapt maar door, ze trekt iets aan en loopt de trap af. Bij de receptie leunt een dienster op een bezem en kijkt in een glossy. Yvette zegt niets, wuift van 'ik zit daar'. Vlak bij de deur een affiche met een kermis of is het een klein circus, daar houdt ze van, ze blijft even staan.

Op het affiche ernaast een expositie van hoe heet ze... Meret... Meret Oppenheim... grappig wat ze maakt... een grote zwarte pluim tegen een vol glas bier... met schuim.

't Stelt een eekhoorn voor, niet dat zware geploeter, vederlicht gemak, een zomerbries, alsof de pluim toevallig tegen het bier is komen waaien, meer niet. Meret nam de pasgeboren eekhoorn toen maar mee.

Het terras is al aardig bezet. Een vrouw strijkt het zand van haar benen en kijkt alsof ze kwaad is op elke korrel. Tuinstoelen met tassen en kledingstukken, hotelgasten hebben hun gebied uitgebreid.

Je vrouw de weg wijzen naar Konketak in de verte, als je er zelf net bent geweest, 'en dan nog iets verder... naar links...' een man zegt het tegen z'n vriendin, vlak naast het tafeltje van Yvette.

Ze pakt haar spiegeltje, vervellen, 't valt mee, dat hij er niets van heeft gezegd. Ze doet het in haar tas, wat hebben sommige paartjes een haast. Ze lopen langs de zee, straks draaien ze zich om, dan kunnen ze weer naar de plek waar ze net vandaan zijn gekomen.

Daar heb je Alain, in dat zwarte pak, hij draagt het zeker altijd. Ze staat half op, hij moet zich half bukken, een halve zijzoen, ze zit al weer, nooit te duidelijk worden, na zo'n nacht.

De jonge vrouw is terug van Konketak. Ze pakt haar fototoestel en vraagt Alain of Yvette... of een van hen het paar wil fotograferen, 'bij het ontbijt... dan zitten we hier later nog.'

Yvette gebaart naar Alain. Het duizelt haar, hier begon het mee en toch neemt hij het toestel aan, gaat staan, maakt een paar opnamen en geeft het weer terug. Het paar loopt, vriendelijk lachend, naar het hotel.

'Anders vragen ze je wel de weg,' zegt Yvette, om de laatste kiekjes van Alain maar te vermijden.

'...of ze willen weten waar de papieren zakdoekjes in de supermarkt liggen...'

'...anders wel het bleekwater...'

Alain wijst naar de langs de zee lopende badgasten.

'Weet je waarom ze dat doen?' vraagt hij.

'Nou?'

'Dan bereikt het zonlicht elke plek, heen en weer, the quick brown fox... waakt over je hele huid...'

Een vrouw ligt in bikini op een chaise longue, belt mobiel, trekt haar rechterbeen op en strekt het weer, alsof ze net boven haar knie iets moet ontdekken dat haar steeds weer ontgaat.

'Wil je 't doen?' vraagt hij het weer.

'Waarom moet het?'

'...anders krijg ik er geen beweging in...'

'...in wat...'

'...in de zinnen...'

'...zijn het echt wel vrouwen...' lacht Yvette, 'die letters...'

'...je maakt deel uit van alle nieuwe teksten...'

'...dat zeg jij...'

Nog nooit over nagedacht hoe iets te beschrijven, het altijd zomaar gedaan. Als ze de letter eenmaal heeft, kan ze 'm ook nog op de foto bij Murphy's schrijven, wordt-ie nog duurder.

'...overal ben je te zien...'

'...wat een werk...'

'...jij krijgt het copyright...'

'Ik doe het voor je... 't is toch maar een spel.'

'Goed... dan noem jij het een spel,' zegt hij ernstig.

De lucht ziet scheel van het komende onweer. Alain staat op en zegt dat ze het verder alleen moet opknappen. Hij gaat weer zitten en laat haar een kaart zien, met aan de rand advertenties, meegenomen van de balie in het hotel.

'Kijk, hier moet je nog heen,' hij omcirkelt een streek, met een prehistorische heuvel en veel kraanvogels. 'Het is niet ver van de kust en dan vind je een plek die bij de letter hoort... bij de schets van jou.'

'Die erbij past... wat is daar dan?'

'Ik kan het niet zeggen, je moet het zien... ontdekken... maak het zelf maar af. Je zou eens een paar keer op een bladzijde moeten staan, dan zie je het.'

'Deze?' lacht Yvette.

'Ja, deze en dan wachten tot hij vol is.'

# Als ik jou

John Cummings krijgt na het bericht in *The Sunday Times* aan één stuk door telefoontjes. Vandaag nog een protest van een journaliste die vond dat je kindertekeningen niet als versiering in een catalogus mag opnemen, dan gaat het alleen maar om geld.

Het eeuwenoude Museum of the Alphabet vroeg of de nieuwe letter nog onder de foto kwam, in het handschrift van Dubout, dan hadden ze grote belangstelling.

En er was zelfs een mail van een computerbedrijf dat wilde weten of ze bij aankoop ook het copyright op de letter verwierven. John liet het bericht aan Donat lezen, 'houdt het maar vaag,' zei hij. Het ging zoals de adjunct van Murphy's dacht, geen probleem oplossen, openstaan voor alles en dan rustig meedeinen op de golven van het onbesliste.

Toch vertrouwt de junior assistant contemporary art het niet helemaal. John dacht dat Dubout zich na al die publiciteit nog wel zou melden. Dat is niet gebeurd. Ergens niet zijn is voor hem belangrijker dan er wel zijn.

Het gezoem van de handel is prachtig en dat bij zijn eerste grote veiling. Sinds het werk van Dubout op tv in een nieuwsrubriek verscheen, wordt het op kantoor ook door het personeel besproken en vaak niet erg zachtzinnig.

De ontbrekende wordt al gauw een spookletter genoemd. Een secretaresse denkt dat de 27ste allang in de taal zit en dat we er gewoon overheen kijken. Interne rapporten worden soms gesierd door de vreemdste tekens, alsof de schrijver Dubout van tevoren wil overtreffen. Goed bedoeld, dat wel. Ze halen het niet bij de ontwerpen van de kinderen die naast de foto nog steeds in de hal hangen.

Een oud liedje is bij Murphy's weer populair geworden, alsof het al jaren over de 27ste gaat.

*Ik weet niet wat ik met je moet beginnen*
*ik heb zo'n akelig gevoel van binnen*

Kantoorhumor, John lacht mee. Het komt vaak voor, je probeert iets wat je verstand te boven gaat aan je ondergeschikt te maken door er zenuwachtig grappig over te doen. John weet dat je hiermee de foto niet kan temmen.

Hij begint erover met Mark, 'straks heeft niemand het er meer over,' zegt z'n vroegere baas, 'het wordt vast een succes en dan ben jij geen assistant meer.'

John loopt naar de deur,

*Als ik jou voorbij zie gaan*
*is het met mijn rust gedaan*

'Zing jij het nou ook al?' lacht Mark.

'Krijg het niet meer uit m'n hoofd.'

Die week gaat het commentaar maar door, 'de 27ste zie je alleen bij een verschrijving als *(s)tartte*, het is een knoop in de taal,' zegt het hoofd keramiek. Ook van ver buiten Murphy's komt nieuws.

Aan de kust bij Plymouth zijn een kleine dertig parachutes geland, op de trappen van The Hoe. Eerst zag je ze in de verte aankomen, de wind was gunstig. Er hingen geen mensen aan de koorden, wel goudkleurige cijfers van plastic, gevuld met zand, goed voor de zwaarte. Pal boven de badplaats begonnen ze in de namiddag op te lichten, 26 keer het getal 27, denk maar aan een fosforspeldje onder de dekens.

'Het hele alfabet is moe van z'n betekenis en smeekt in de lucht om uitbreiding, kijk, daar zweeft het uitgeput boven het strand,' schrijft June Hutton in *The Independent*.

Hutton is erachter gekomen dat 'de commandant van dit eskadron valschermen' Yell heet. In de ondergrondse van Londen kladdert hij al jaren bijbelse taferelen in popstijl op de muren, al zie je het hem nooit doen.

Cummings legt de krant weg. Waarom wil Yell, net als Dubout, het liefst buiten beeld blijven, omgekeerde ijdelheid? Hij pakt de krant weer, geel plakkertje erop, *t.a.v. George Donat*.

Ook Twisk laat weer eens van zich horen. Door z'n vergissing bij de inbreng van Dubout wordt er in Londen niet meer zo erg naar hem geluisterd. Dit keer heeft hij wel iets aardigs.

Hij begint over een strip in een onduidelijk blaadje waar zelfs in de hemel de onrust is uitgebroken. 'Stuur het me maar,' zegt John. Daar heb je de strip, vrijwel meteen. Twisk mailt vlugger dan hij praat. Eens kijken, beetje gejat van Crumb en zijn bijbelverhaal, met al die fors uitgevallen engelen.

Al jaren voert een vrouw in de hemel het bewind, zo een die veel heeft meegemaakt, van incest tot overspel. Nu ze 'daarbeneden' aan in den beginne was het woord komen wordt het tijd iets terug te doen.

De komiek Jimmy McLaren wordt naar de aarde gestuurd. Hij stribbelt eerst tegen, veel te lui. Door z'n werk in de betere gooi- en smijtfilms van Mack Sennett is hij meer dan geschikt voor deze rol.

Licht aan de drank, niet bestand tegen de verlokkingen van de grote stad. Van z'n missie is Jimmy geheel en al doordrongen, de nieuwe letter op de kop tikken en hem ontvoeren naar de hemel, koste wat het kost, al wordt hij nog zo afgeleid door al die meisjes, echt vlees, echt bloed.

Daar stopt het en John vraagt zich af of het verhaal ooit een vervolg zal krijgen. Een paar afleveringen en dan verdwijnen die blaadjes al weer in het niets.

Telefoon, het is Donat, of John vanmiddag tijd heeft om in The Flanagan te komen lunchen, samen met een heel speciale gast. Hij hoort het wel in de club, over een uur, schikt dat?

Even later loopt Cummings door de hal, of het schikt, hij heeft maar te komen, een opdracht vermomd als vraag.

Hij staat stil. De letters van de kinderen trekken de meeste aandacht. Een stuk of tien mensen staan te kijken, anderen lopen ernaartoe met een kopie van het bericht in *The Sunday Times* in hun handen.

Paar straten verder, The Flanagan, vaak voorbij gelopen. John is er nog nooit geweest. Buiten wachten, meteen naar binnen? De deur staat open. 't Is aan het eind van een lange gang, het licht, het geroezemoes wordt sterker.

Hij ziet Donat en de onbekende gast al achterin en

nu valt een man die mobiel telefoneert pal voor hem neer. John zou hem op kunnen rapen, langs hem heen lopen, een ober waarschuwen.

Na twee pasjes stapt, nee, springt hij over de beller heen. Hij hoort dat de man door praat, kijkt om, niemand helpt hem overeind, ook de obers niet.

John gaat aan de tafel van Donat zitten en die stelt de onbekende disgenoot niet eens aan hem voor. De man is aan het woord, '...of het nou terecht was...'

'...je reed te snel...' begrijpt Donat.

'...moest wel op tijd op m'n afspraak komen...'

'...maar je kreeg een bon...'

'...zo zou ik het niet willen noemen...' zegt de man, iets gebogen rug, peper-en-zouthaar met een scheiding. In z'n ogen twinkelen alle deals die nog gesloten moeten worden.

'En waarom dan wel niet...' probeert Donat toegeeflijk te zijn.

'...die snelheid hoort bij je afspraak... het zijn verplaatsingskosten... '

De lunch wordt geserveerd, sliptong. Donat heeft al voor John besteld voor hij binnen was.

'Wat vind je van die cycloon in Australië?' vraagt de onbekende aan John.

'...heftig,' bluft John, 't nieuws is hem ontgaan.

'...hoe komen ze aan die namen...' gaat de man door, 'wie bedenkt die...'

'... ze liggen vast klaar...' zegt Donat.

'....Allison, Claudette... wacht 'ns, Josephine, Lucia, Michelle, die twee ook... of gewoon heel simpel Sally...'

'...die geen kwaad kunnen doen...' vult John de onbekende aan. '...dat dacht je... Juliette maait alles weg... heeft 'n windkracht van 248 km per uur...'

'...het kleine land heeft belangstelling...' zegt Donat, alsof hij het van achter een windhoos tevoorschijn haalt.

'...we willen het in gaan voeren...' zegt de onbekende, 'Schol is de naam... Simon Schol...' zeker met z'n naam gewacht tot het gesprek deze wending zou nemen.

'Begrijp het,' zegt John, in gedachten vraagt hij zich af: waarom dit kleine land? In Engeland zeker al genoeg fantasie over geld, de reis van de Owl en de Pussycat in hun doppertjesgroene boot, hij hum-zingt het

*They took some honey and plenty of money,*
*Wrapped up in a five pound note*

'Edward Lear...!' roept Simon Schol, 'wat leuk!'

'Onze jeugd,' roepen Donat en Cummings tegelijkertijd.

'...en de mijne... ben in Schotland opgegroeid...'

'Het komt erop neer dat het kleine land tot de top gaat,' zegt Donat.

'Excuseer,' zegt Schol, hij staat op en loopt naar een trap met glimmend koperen stangen.

Donat kijkt hem na, 'een vroegere minister... soort vliegende keep die overal wordt ingezet.'

'Praat hij voor eigen rekening?' vraagt John.

'Net niet, soms wordt het officieel. Groot vakman, de hoofdzaak altijd verstoppen in bijkomstigheden.'

*Dear Pig, are you willing*
*to sell for one shilling*

zingt Simon Schol als hij weer gaat zitten, 'we nemen de letter voor een half miljoen pond, hoger komen de anderen niet.' Hij zegt het niet eens zacht, iemand aan een andere tafel zou het best kunnen horen, 'dan moet het copyright wel van ons zijn. We kunnen er een hooggeplaatste een plezier mee doen.'

'Alle komende teksten...' probeert John.

'...van ons...' zegt Schol.

'Laat daar geen misverstand over bestaan,' stelt Donat vast. Ze kijken elkaar aan, en dan alle drie (*sotto voce*)

*They danced by the light of the moon,*
*The moon,*
*The moon,*
*They danced by the light of the moon.*

# Nieuwe Zakelijkheid

Daar ligt de foto, glimmend en wel. Abbie heeft het negatief bij Rob in de fotozaak groot laten afdrukken, op het formaat van de Dubout in Londen.

Verrast is Rob wel, dat ziet Abbie, wie zou dat niet zijn als hij tussen al die doodgewone kiekjes ineens een zeldzaam werk mag vergroten.

'Wees er voorzichtig mee,' zegt hij, 'het lijkt me een bijzondere foto.'

'Hoef je mij niet te vertellen,' pocht Abbie en ze laat hem *The Sunday Times* zien. Rob raakt er niet op uitgekeken, maar zegt er niets over.

Hij doet de foto in een grote map, 'is hij niet een beetje te groot voor uw huis?'

'Heb er heel andere plannen mee.'

'Vast het laatste dat ik voor u heb gedrukt... denk dat we dichtgaan.'

'U weet het niet zeker?' vraagt Abbie.

'Laatst kwam een man nog met een rolletje... onontwikkeld... in een doos gevonden...'

'Hoe oud was het dan?'

'Meer dan twintig jaar... hij stond erop als een kind van drie...'

'Dan doet u het vast ook nog wel voor mij. Zeg... is dat Yvette niet?' Abbie wijst naar een tekening aan het eind van de toonbank.

'Eh... ja,' hij geeft haar het negatief.

'Kent u haar dan ook?' vraagt Abbie geamuseerd.
'Heeft ze me net gestuurd.'

De bel, dat is Jan, zo groot heeft hij de foto bij haar thuis nog niet gezien. De bergen, de wolken, de over de keien stromende rivier. De gele stippen, Rob heeft 't prachtig gedrukt, scherper dan bij Murphy's.

'Hoe laat komt die man van het museum?' vraagt Jan.

'Paul Bijster?... kwartier, twintig minuten.'

'En je hebt het er al over gehad?'

'Hij was echt heel enthousiast,' zegt Abbie.

'Zijn ze altijd bij een bruikleen.'

'Heb je die pen... en je loep?'

Jan doet z'n armen omhoog, 'verdwenen...'

Paul Bijster loopt die avond in een eindeloze straat met nauwelijks voetgangers. Wat moet hij van het telefoontje denken? Abbie de Witt klonk ernstig. Als het echt een Dubout is, kan hij er veel mee doen.

Hij leidt het wat suffige staatsmuseum bijna een jaar. Hoe blaast hij daar nieuw leven in? Vooral de ellenlange voorbereiding van een tentoonstelling bevalt hem niet. Nooit wordt er ingespeeld op iets wat net is gebeurd en zo blijf je altijd steken in het web van de geschiedenis.

*Laura* is nog in z'n gedachten, een film noir met Gene Tierney in de hoofdrol, wat een ogen, wat een mooi breed gezicht, net gezien, zomaar op de BBC.

De foto ligt bij Abbie op tafel, Paul ziet het, dit is een Dubout. Een actief vierkant, dat moet je weten, en dan die scherpe kleuren, geen mobiel of computer aan te pas gekomen. Dit is de kleur zelf.

'Binnenkort bij Murphy's?' hij begint over de veiling, Abbie heeft er door de telefoon al iets over gezegd.

'Die heeft Dubout zelf ingebracht. Deze heeft hij met m'n eigen camera genomen.'

Ook dat heeft Abbie al verteld, Paul hoort het graag nog een keer. Het maakt de foto voor een museum erg aantrekkelijk. Niet alleen een beroemde fotograaf, ook het dubbele van 'wie maakt wat?' en dan klinkt er nog iets van een vervalsing in door. Dat spreekt tot de verbeelding van het publiek.

'U wilt de foto aan het museum schenken?' vraagt Paul.

'In permanent bruikleen,' ze hebben zich goed voorbereid.

'We exposeren 'm meteen.'

'Wanneer dan?' vraagt Abbie ongelovig.

'Over een week, dan krijgen we een tentoonstelling die aan Kafka is gewijd.'

'De schrijver?' vraagt Jan verbaasd.

'Ja, die,' Paul wil een schenking, dat zegt hij niet. Na de veiling wordt de foto onbetaalbaar. Dan kennen ze het bedrag, en bij permanent bruikleen krijg je later de erven aan je broek.

'De Kafka-schilders, zo heet de tentoonstelling, eerst iets over de kiem, dat vindt u leuk om te horen, hoe een expositie ontstaat.'

Paul vertelt dat hij van jongs af aan veel houdt van de Duitse schilders die horen bij de Nieuwe Zakelijkheid, uit de jaren twintig, dertig.

'Dat moet je in een museum nooit zeggen,' lacht hij, 'anders denken ze dat het maar een hobby van je is.

Koppel het aan iets anders, waar geen van je medewerkers omheen kan.'

'En zo kwam u op Kafka,' zegt Abbie begripvol.

Paul wilde eerst iets met *Het proces* doen, dat eeuwfeest laat nog een jaar of tien op zich wachten. Geef het iets tijdloos, dat dacht hij, en zo kwamen Räderscheidt, Davringhausen en Schlichter in zicht.

'Laatst nog in Londen gezien,' zegt Abbie, 'hoe komt u aan dat werk?'

'Het moet je ook een beetje meezitten,' zegt Paul, 'ons netwerk bestaat uit verzamelaars, meer nog dan musea, en zo hoorde ik via via dat een Duitse zoutfabrikant... bij sneeuw op de wegen, u weet wel... z'n collectie Nieuwe Zakelijkheid... niet eens zo groot... hoogst bijzonder... dat hij die wilde exposeren.'

'En hoe verbindt u die dan met Kafka?' vraagt Jan.

Het is even stil. Paul wist dat de vraag zou komen en toch wordt hij erdoor verrast, ziet hij Gene Tierney weer voor zich.

Hij zegt dat bij die schilders het oppervlakkige geheimzinnig wordt, net als bij Kafka. Denk aan een iets te grote brug of een blinde muur met een verweerde reclameprent. Een opgestoken paraplu en toch nog wat zonlicht boven de huizen. Een koffer naast een bloemenstal zonder dat je weet waar de aandacht op moet vallen.

'Hoe komt u aan dat meisje met die pop?' hij loopt naar het schilderij aan de muur.

'In Mexico gekocht...' zegt Abbie trots.

'Wie heeft 't gemaakt?'

'...bij een uitdragerij, 't is anoniem...'

Het doet Paul aan een vrouw van Davringhausen denken, ook uit de jaren twintig, dertig, zoiets zit in de lucht. Dezelfde schuchtere oogopslag, alsof het Mexicaanse meisje nog geen idee heeft wat ze van haar omgeving moet denken.

'Wat heeft 't met Dubout te maken?' vraagt Jan.

'Bij Kafka mag je de jeugd niet vergeten. De geknakte lichamen van Berlinde de Bruyckere, die Belgische, u weet wel, en zo kwam ik ook op Dubout, met z'n reusachtige landschappen waarin een mens bijna verdwijnt. Het klopt niet helemaal, maar wat geeft dat. Je kunt beter van een licht misverstand uitgaan, dat maakt het levendig.'

Paul loopt naar de boekenkast. Daar ligt een paar witte handschoenen, vlak voor een rij kiekjes. Hij trekt ze aan, iets te krap, 'u staat me toe?' en pakt de grote foto met Abbie en Jan.

'Ik smokkel Dubout de wereld van Kafka binnen,' hij kijkt even naar Jan, 'hoe u daar in de bergen een plaats probeert te krijgen...'

'Een soort smokkelpraat,' zegt Jan, vereerd dat hij in zo'n sjieke redenering terecht is gekomen.

'Is dat een plattegrond van Londen?' Paul doet z'n linker handschoen uit.

'...zo kun je daar de weg vinden...' zegt Abbie, '...ik had ze steeds aan...'

'Dat is iets voor het museum... buitenlanders die de weg naar hun hotel kwijt zijn...'

'Of een andere plek,' zegt Jan. 'Blijft die fietstunnel nog wel onder het museum?'

Een stille kade, het is later geworden dan Paul dacht. Abbie begon nog over haar werk. Bij een kind zoekt ze de overgang van klank naar betekenis, *trak*, *boolf*, 'of 'n geluid nog niet kan kiezen wat het moet betekenen.'

‘Er is te veel,’ zei Paul, ‘ze doen ’t eerst met hun handen... raken ze alles aan...’

Maanlicht op het water, net een doek van Boudin. De fietstunnel heeft hij handig ontweken, al was de man licht geërgerd. Abbie leende hem de handschoenen, als model voor het museum, zoiets geeft publiciteit. Nooit meer verdwalen als je hier eenmaal binnen bent geweest.

Dat werk van Dubout komt morgen wel. Hij heeft het gesprek niet tot een eind willen brengen, geef ze de ruimte. Er is ook nog iets met letters, dat laat hij schieten. Abbie zei er niets over, het gaat om het beeld.

De expositie is bijna af, met Dubout ‘buiten catalogus’. Dat klinkt mooi ernstig. Daar heb je het negentiende-eeuwse gebouw dat ooit een hotel moet worden. Een paar meisjes van een jaar of tien, elf, staan voor de deur met elkaar te praten. Een veiligheidsbeambte loopt heen en weer. Hoort Paul nou Tsjaikovski?

Hij vraagt het aan de beambte. Meestal stuurt zo’n man je nors weg, deze maakt een uitnodigend gebaar, ‘waarom gaat u niet naar binnen?’

Paul loopt de trap op, de muziek wordt harder, niet live, maar mechanisch, ’t komt uit een paar luidsprekers. Nog meer meisjes, ze gaan elkaar voorbij, naar boven, naar beneden, sommigen dragen tutu’s.

Het geluk dat je ergens terechtkomt waar je geen deel van uitmaakt, dat er iets opdoemt en je hebt er geen enkele moeite voor gedaan.

Een lange gang op de eerste verdieping. Twee vrouwen staan te roken voor een open raam. Tsjaikovski stopt, langs de kant pratende en drinkende mensen.

‘Margriet...’ roept een man, hij heeft een grote envelop onder z’n arm.

‘Rob... ben je daar...!’ roept een meisje op spitzen, ‘eindelijk...’ ze rent naar hem toe, ‘kun je me nog net zien dansen...’

De deur staat open, Paul gaat naar binnen, een middelgrote zaal. Achterin een podium met als decors een doolhof, een waaier met linten, wat nog meer, aan een maantje bungelt een ster, een grote X met een cirkel tussen de benen en helemaal links steekt een hand uit een golf.

Wat doen die uitvergrote kindertekeningen het hier goed. Paul gaat vooraan zitten, naast een meisje met haar voet in het gips, iemand roept haar, ‘Assia...’ ze steekt een hand op.

De zaal stroomt weer vol. Daar ligt een programma, wat hebben ze net gedanst, ‘De speelgoedwinkel’, ja, Tsjaikovski, en nu ‘Lettergrepen’ met muziek van Schumann.

Een blonde vrouw achter de piano, zes meisjes beginnen te dansen. De muziek is zo licht, klassieke passen, de zaal doodstil, net of je bij een draai het ruisen van de witte jurkjes door de piano heen hoort... Van Manen... zoveel dans gezien... Farha... Rachel Beaujean...

Is dat een cirkel onder hun voeten, het lijkt wel een o, helemaal rood... ’t voelt zo licht... mooier dan Kafka of Dubout... niet zo koninklijk goedgekeurd... die man hoe heet hij... Rob... gaat niet zitten... staat langs de kant... met die envelop...

...je hoeft er niet te zijn en toch ben je er... je probeert niet eens aan iets te denken en het komt vanzelf... Gene Tierney... wat was ze mooi... in *Laura*...

Tierney... Gene met dat golvende pin-uphaar... Tierney... Gene... Gene... Gene...

Margriet loopt met Francien, Bella, Jenny, Klaske en Jantien, de invalster voor Assia, naar de rand van het podium. Ze buigen diep. Dan komt Brigit, de pianiste, er nog bij en Femke, zij heeft de regie. Aan de kant klapt Rob mee, hij houdt de envelop onder z'n arm.

Even later staat ze op de gang, daar in de verte. Het gezicht van Rob is dicht bij Margriet, hij fluistert iets, met een hand naast haar oor. Wat zegt Rob, het is een heel verhaal, in deze drukte kom je er niet zo gauw dichterbij.

Lukt het toch, 'er viel nog een man in slaap,' zegt Margriet en nu maakt ze de envelop pas open, 'maar dat is Yvette... de letter dat is zij...' Rob houdt een vinger tegen z'n lippen.

# Incognito

Alain signeert de schets en schenkt die haar, zoals hij op het strand heeft beloofd, *copyright Yvette van Reenen*. Nu moet hij vertrekken, zegt hij, ze loopt met hem mee naar de bus. Het is net een wandelende komma in dat zwarte pak, het steekt af tegen een hagelwitte muur.

Yvette kijkt een huis in, daar staat het nieuws aan, 'die beelden van niets op de tv... kijk je daar wel 'ns naar?'

'Welke?' probeert hij haar tot nauwkeurigheid te dwingen.

'Dan zie je een weegschaal als het over te dikke mensen gaat en bij roken zie je een volle asbak.'

'Dat heb je buiten ook.'

'Waar dan?' vraagt Yvette.

'...die vage reclame van Txakoli...' hij knikt naar de muur.

'...bijna weggebleekt...'

'...waren we die anders voorbij gelopen...'

'...als je niets had gezegd...'

De bus staat aan het eind van een doodlopende straat, 'waar ga je heen?'

Hij geeft er geen antwoord op, 'denk aan de letter,' zegt hij, stapt in en kijkt niet meer om.

De bus keert niet, de straat is te smal om vaart te maken. Hij draait in het rond op een grote schijf, die door de chauffeur elektronisch wordt bestuurd. Yvette ziet de cirkel bewegen in het plaveisel. Gelukt, de neus van de bus staat weer in de richting waar hij net vandaan is gekomen.

Yvette gaat zwemmen, met achter haar het hotel, het ligt aan een baai. Het is nevelig, de gekartelde rand in de verte – hoort die bij een berg of bij een wolk? Soms is het of het geruis van de zee afslaat, als van een motor, nee, ze denkt aan iets anders en dan vergeet je te luisteren.

Ze droogt zich af, trekt haar badjas aan en loopt naar haar kamer. Er is nog niet opgeruimd. Ze zoekt naar sporen van Alain, iets vergeten, een bericht voor haar, nee, niets. Alleen haar portret ligt op tafel, tot net boven de schouders, en profil, als voor een munt. De andere twee en ook de tekening van Cindy heeft hij meegenomen.

Ze bekijkt het portret nog 'ns van dichtbij, ze mag het afmaken, heeft hij gezegd. Of meteen naar Londen en dan Rob laten komen? Die heeft de tekening zo in een letter veranderd en kan hem daarna in de stijl van Dubout onder de foto kalligraferen, net voor de veiling.

Ze kleedt zich aan, is het iets voor haar nichtje, als geschenk? Vandaag of uiterlijk morgen naar huis en dan het verrukte gezicht van Margriet, nog voor de première.

Vervuld van twijfels loopt Yvette naar de balie van het hotel om een vlucht naar huis te boeken. Wat bedoelde Alain met de omcirkelde streek op de kaart?

Yvette gaat in de hal zitten en haalt hem tevoorschijn. Prehistorische heuvel, kraanvogels, die kent ze alleen van de dierentuin. Ze zou de kaart zo weggooien, als ze Alains ernstige gezicht niet voor zich zag, toen hij de kaart gaf, 'en dan vind je een plek die bij de letter hoort,' welke dan en waarom?

Ze moet hier blijven, beloofd is beloofd. In het postkantoor laat ze een kopie van de schets maken, op stevig papier, dat zoiets in een uithoek van Baskenland kan.

De schets gaat in een grote envelop en die stuurt ze aan Rob, met een briefje erbij. *Dit is de letter, ik ben het*, ze lacht, *toch ontbreekt er iets aan. Het kan nooit veel zijn, ben er nog voor op reis. Geef hem maar vast aan Margriet, ze heeft het verdiend, met de dans over de 27ste. De letter moet onder de foto, laat het haar anders zelf doen. Je hoort van me, Yvette.*

Op het strand probeert ze aan niets te denken, dat lukt maar half. 'Je draait voor veel op,' wat zei hij nog meer, dat ze deel uit zou maken van alle nieuwe teksten, 'overal ben je te zien.' Wat een onzin van Alain, grappig is hij wel.

Nog een dag in Elantxobe, een dorp verderop, een hotel hoog tegen de bergwand. Ze moet het copyright ook maar aan Margriet geven. Waarom heeft ze het origineel niet meegestuurd? Ze hecht er niet aan en toch is het of de schets op de komende reis niet mag ontbreken.

Ze rijdt 's morgens langs de kust, zo heeft Alain het aangegeven, vrolijk is ze, het raam staat open. Op de radio 'Something in the way she moves...' ze neuriet het mee.

De Baskische cijfers heeft ze gisteren op het strand met een reisboekje uit het hoofd geleerd, *bat, bi, hiru,* een, twee, drie, *lau, bost*, wat komt er dan, o ja, *sei*, zes, dat is makkelijk.

Oppassen, de bochtige weg loopt langs rotsachtige heuvels, nauwelijks begroeid. Het lijkt de Rivièra wel, maar dan in de jaren vijftig, ouderwetse stilte, niet veel verkeer. *To Catch A Thief* van Hitchcock, kreeg ze van haar vader, met Cary Grant en Grace Kelly, een paar jaar na de film verongelukte prinses Gracia op zo'n weg.

Links beneden een huis, het staat aan zee. Het licht tinkelt bevende strepen op het water, zo lang, zo ver... Yvette kijkt recht op het platte dak, daar ligt een vrouw naakt op een witte handdoek. Armen gespreid, blauw badpak onder haar voeten, één figuur aan die onmetelijke zee...

Het lijkt wel een foto van Alain, het cijfer 1 op een reusachtig blad, blauw, wit, grijs, geen keus hoef je te maken. Z'n landschappen zijn rustiger dan de chaotische manier waarop hij praat.

Daar heb je Zarautz, een kleine stad aan de kust, ze ziet de huizen in de verte liggen. Toen ze bij hem was, moest hij elke minuut z'n eigen wereld maken. De bus op die draaiende schijf, het was net een gedachte van Alain.

De boulevard ligt pal aan het strand, ze heeft haar auto in een winkelstraat geparkeerd. Veel terrassen, het moet wel vloed worden, zo breed is het strand. Gestreepte tentjes, badstoelen van riet, kinderstemmen in de verte, zo is het hier altijd geweest.

En erg mondain, geklak van de hoogste hakken vlak langs het terras, flinterdunne jurkjes. Ze pakt haar spiegeltje, zag het vanochtend al, het vervellen is gestopt.

Waarom heeft Alain haar gekozen? Ze vroeg het hem op de kamer, heel zacht, hij gaf er geen antwoord op, viel in slaap, met opzet denkt ze. Om wat ze tegen hem zei of om hoe ze eruitziet? Ze weegt 62 kilo, vast iets minder, weinig gegeten de laatste dagen, en is 1 meter 78, dat kun je niet afzien aan de letter.

Of heeft hij een auditie gehouden, over landen verspreid, hij is hier vast ook geweest. Chinese oogleden, brede jukbeenderen, ze komen voorbij, en daar heb je een mond waar ze altijd jaloers op is geweest, boven hartvormig en daaronder zo mooi vol, hoe kom je eraan.

Ze verkleint haar profiel in gedachten, hoe zou Margriet het doen? Model staan voor een letter, het is toch wel erg leuk, komt ze in het *Guinness Book of Records* en op alle sites die je maar kunt bedenken.

Twee espresso, *eskerrik asko*, dank je wel. Ze loopt naar haar auto, daar fietst een vrouw in een geel-witte jurk met margrieten en dan ook nog dezelfde bloemen op het stuur, in slingers langs het frame en op de bagagedrager.

Ze rijdt een tunnel in en denkt er kilometers verder wel weer uit te komen. Langs stilstaande auto's, keurig in het gelid, waar begint de weg... Ze zoekt het licht, maakt een paar bochten, nu al de uitgang, 't is een parkeergarage. Ze wil doorrijden, nee, eerst automatisch betalen, voor een verblijf van een paar minuten, dan kan ze er pas uit.

Zarautz is maar smal, de weg naar het zuiden begint vrijwel meteen. Door een paar dorpen en dan krijg je het achterland. Weilanden en akkers tussen de heuvels, platanen en populieren.

Onweer, je voelt dat het moet gebeuren, de lucht wordt dikker. Joe zei dat Alain met een paar zinnen de leiding kreeg over de kleinste voorvallen, hoe ging dat?

*Een kuil in de weg, ze rijdt er met een bocht omheen*, kijk uit, de zin komt in de plaats van hoe ze hier echt rijdt, dat moet ze niet hebben. Als ze aan Alain denkt, wordt elke omgeving verraderlijk gewoon.

De halmen, het gras, het ziet er incognito uit, ze zou in ieder land met een onweersgloed kunnen rijden. Is het te gevaarlijk en laat hij het daarom haar opknappen? Vannacht zag ze in een droom haar zus Brigit, helemaal naar Elantxobe gevlogen, 'ik had toch niets te doen.'

Druppels op de voorruit, ze rollen, breken eerst niet. Er komt een kind van het veld, het holt naar de weg en doet haar hand op en neer. 't Is een meisje van een jaar of dertien, iets ouder dan Margriet en een stuk groter.

Yvette stopt, kan ze weer gewoon praten, beter dan in haar auto naar woorden zoeken, dan sluipt er een zwaarte in die haar niet bevalt.

'Ben geen boerin,' zegt Fran, 'ik zit daar op de internationale school,' ze maakt een gebaar tot ver over de velden.

'Loop je dat eind?' vraagt Yvette.

'M'n moeder haalt me... ze kon vandaag niet.'

Haar vader maakt havens en wordt vaak overgeplaatst, Schotland, Sudan, ze heeft in zoveel landen gewoond.

'Leer je daar ook Baskisch?'

'Nola zara?' vraagt Fran, 'hoe gaat het?'

'Ik kan tellen, *zazpi, zortzi*, 7, 8 en dan 9 *bede, bade*, wat is het, *bederatiski*, *hamar*, 10 en dan is 27 *hogeizazpi*.'

'Etxea joaten naiz, ik ga naar huis.'

Waar dat huis ligt, ze zegt het niet en Yvette heeft geen zin het te vragen. Komt wel, nog geen zijweg te zien.

Een open ruimte met slagschaduwen, het laatste licht langs de wolken en dan knettert het los, alsof de woorden splijten.

'Ga je mee...' zegt Fran en ze wijst naar een huis tegen een heuvel, 'gaan we straks lekker naar de prehistorie... hier in de buurt...'

Yvette zegt niets over het onweer, niet dat kind erin betrekken, dat denkt ze. Ze rent achter Fran aan, door de slagregen, moet haar tegen iets beschermen en ze weet zelf niet goed tegen wat.

# Margriet en Fran

Ze zitten in het vliegtuig, Rob en Margriet. Brigit vond het reisje naar Londen best, ze ziet het hele avontuur van haar dochter als één groot spel. Als ze Yvette daar ook nog een plezier mee doet... Haar zus was niet eens op de première en dan wel die tekening, echt wat voor haar.

Ook Femke stemde toe, iets met een foto in de bergen, waarom niet, het hoort bij de 27ste. Iedereen vond de dans mooi en waarom zou je dat niet even tot het buitenland mogen verlengen. Volgende week zijn de kinderen het weer vergeten en dan volop aan het werk.

'Als ze me nou niet binnenlaten...' zegt Margriet boven de wolken tegen Rob.

'Bij Murphy's? Dat doen ze heus wel.'

'Ik heb die foto toch niet gemaakt.'

'Jullie tekeningen hangen er ook,' stelt Rob haar gerust, 'die wil je vast wel zien...'

Dat is zo, ze zegt het niet, je ziet het haar denken. Ze kijkt Rob met grote ogen aan, '...vind de letter niet mooi...'

'En je hebt hem zelf getekend.'

Ze kijkt voor zich uit, 'nágetekend, dat hoofd van Yvette... het is mijn letter niet.'

Rob is even stil. Cummings vond het goed, een kind in plaats van een kunstenaar, 'het kan niet beter,' zei hij. Yvette is nog iets aan het zoeken, dat zal wel op niets uitlopen.

'Ik wil mijn eigen letter,' zegt Margriet. Ze haalt een envelop uit haar tas en maakt hem open. Een X met een wieltje tussen de onderbenen, Rob ziet het voor het eerst, niet zo duidelijk als het hier staat, verdoezeld, alsof de letter al eeuwen wordt gebruikt.

De reis naar Londen is maar kort. Ze krijgen cola light en een gevulde koek, 'iets lekkers om te snoepen,' zegt de stewardess met een knipoog.

'Echt heel mooi,' zegt Rob, 'die gekke X... maar we moeten het met het profiel van Yvette doen. Zo is het afgesproken.'

'Dat doe ik niet.'

'Luister, je hebt het zelf verkleind, met Bella en ik geloof je broer Joost... 't is net Dubout en toch met... hoe zal ik het zeggen... met iets van jullie samen.'

'Joost deed niet mee.'

'Goed... Joost niet,' geeft Rob haar vlug gelijk.

'Heel leuk... maar ik doe 't op mijn manier.'

Alles geregeld en nu dit weer, denkt Rob. Meestal spelen die kindertekeningen geen enkele rol, je hangt ze op of je gooit ze weg. Nu horen ze bij de wereld van, ja van wat... van het geld?

'Wil je weten hoe je het uitspreekt?' vraagt Margriet. Ze houdt de tekening omhoog.

'Graag,' straks zet ze dat wiel nog echt onder de boterbloemen.

'Je zegt gewoon *oks*, dat verschilt net genoeg van *iks*.'

'Als *bee* van *gee*...' zegt Rob. Het vliegtuig is geland. Ze hebben alleen handbagage.

'...en *haa* van *kaa*...'

'...en wat betekent het dan?' vraagt Rob terwijl ze naar de uitgang lopen. Hij houdt beschermend een hand op haar rug.

Dan door de slurf, 'binnen of buiten, daar gaat onze nieuwe letter over, het is echt heel leuk, wat je ook leest, je bent op straat of in een zwembad, in bed of in een speeltuin...'

'... je bent binnen of buiten...' begrijpt Rob.

'...altijd... en zo kun je de *oks* gebruiken, laat je midden op een bladzijde met één letter binnen in buiten veranderen.'

'O, zo.'

'Het leest makkelijker... met de nieuwe letter weet je meteen waar je bent.'

'Als iemand nu in een auto buiten is?' vraagt Rob.

'Dan is hij binnen natuurlijk.'

'In een auto zonder dak?'

'Buiten, die verschillen maken het toch juist grappig?'

In de aankomsthal wil ze in een souvenirwinkel een pen met een lampje erin, '...dat heeft iedereen op school, kun je in het donker mee schrijven.'

'Wil je weten op wat voor lijst de *oks* hoort?' vraagt ze als ze op een perron staan te wachten, 'wat een mooie kleuren,' ze wijst naar een madonna met kind van Yell, aan de overkant op de muur.

'...wat voor lijst dan...' vraagt Rob in de ondergrondse trein.

'...A4'tje, B-weg, C-cup...'

'...o, zo... D-mark... eh... E-mail... F-sleutel,' zegt Rob iets minder vlug.

'G-snaar, H-woord...' hypotheek, dat ze dit al weet.

'Heb je de rest ook al?' vraagt hij.

'...L-vorm... O-benen, S-bocht, T-splitsing...' ze zegt niet zomaar wat, hier is over nagedacht.

'...je bent bijna klaar...'

'V-hals, X-ray, IJ-oever... Oks-binnen...'

'...en Oks-buiten... wil je het echt?' er klinkt iets toegeeflijks in Robs stem.

'...jij toch ook... iemand wil naar buiten... vlug het wiel van de *oks* en als je naar binnen gaat komt 't weer, staat 't stil.'

Knightsbridge, de trein stopt, veel passagiers stappen uit.

'En hier?' lacht Rob, hij knikt naar het perron.

'Dan blijf je voorlopig binnen, de hemel zien we nog niet.'

Rob ziet het voor zich, de over de pagina springende letter, 't geeft aan elke scène iets beweeglijks, naar buiten, naar binnen, met de *oks* volg je iemand pas op de voet.

'En als een man de hele dag in bed ligt?' vraagt hij.

'...komt de letter er één keer in voor...' ze denkt even na, '...aan het begin.'

Piccadilly Circus, de roltrap, de gangen, hij houdt haar hand stevig vast. Nog niet naar Murphy's, eerst het hotel. Exit, het is niet ver meer. Een trap, heel kort.

De blauwe lucht schuin in de verte, boven hun hoofd, nog een paar treden, 'als dit letters zouden zijn komt hier de *oks*,' juicht Margriet, 'we gaan naar buiten en nu zijn we er... buiten... buiten... buiten...'

Fran en Yvette rennen door de regen naar binnen, een huis met in de hal een schildering op het plafond. Engelen vliegen met een bazuin onder stapelwolken door, 'het is net of ze op ons neerzien,' zegt Fran.

'...alsof ze iets zoeken... '

'Wil je een handdoek?'

'Ja, doe maar... wat is het hier stil,' zegt Yvette.

'Als er wordt opgebeld, is 't meestal de telefoon van een detective op tv.'

Het is een mooi huis en toch ziet het er nogal slordig uit, er zit een schuer in het behang. Haar vader bouwt aan de haven in Bordeaux en komt maar één keer in de maand naar huis, 'in elk land zitten we met de meubels van de eigenaar, blijven soms zo kort dat het geen zin heeft iets te veranderen.'

Ze lopen door een gang met foto's, vlak naast elkaar, 'wie zijn dat?' vraagt Yvette, ze legt de handdoek op een stoel.

'Zangers, hier heb je Luis Mariano met die grote tanden en dat is Georges Guétary. Mariano komt uit Frans Baskenland... aan de andere kant van de Pyreneeën... een dorp daar heet Guétary... kan je wel iets laten horen...'

De deftig-hese stem van Guétary schalt door het grote huis, aan Frans geschroeid Engels, vermengd met het regengekletter tegen de ruiten.

*I'll build*
*a stairway*
*to paradise...*

'...hoor je het...?'

'...mooi...' zegt Yvette.

'...*An American in Paris...*'

*with a*
*new step*
*every day...*

Yvette blijft staan bij een zwart-witfoto van een jonge vrouw, en profil, springerig bruin haar, in de wind.

'Zij zingt niet... hoort wel bij onze familie,' zegt Fran, 'het is m'n zus... Cindy heet ze.'

'...zeker een stuk ouder dan jij...'

'...bijna acht jaar... tweeëntwintig... wil je me helpen met m'n huiswerk?'

'Dat is goed.'

Fran loopt naar een tafel met schriften, Yvette kijkt nog naar de foto, lippen met een hartje, schaduw van de wenkbrauwboog naast de neus. Daarnaast een foto van het hele gezin. Fran, Cindy en hun ouders, lachend in de tuin, ze zijn niet vaak bij elkaar.

'Kom je dan?' roept Fran door Guétary heen.

Aardrijkskunde, steden van de wereld, achter elkaar, New Delhi, Rio de Janeiro, Helsinki, spelenderwijs.

'Je lijkt op Cindy,' Fran wijst naar de foto in de gang.

'Heb wel 'ns iets over haar gehoord...'

'Van wie dan?' vraagt Fran met opgetrokken knieen.

'Alain Dubout.'

'De man in het zwart?' Frans ogen staan hoogst nieuwsgierig.

'...een paar keer ontmoet...'

Fran schuift de wereldkaart van zich af, 'Cindy nam Alain volstrekt niet serieus...'

'...was ze met hem niet in een kathedraal?'

'...hoe wéét je dat... ze is een keer met hem op reis geweest... naar een eiland...'

'...en wat deden ze daar dan...' houdt Yvette vol.

'...iets met letters... ze zag er niets in... hij had haar ooit als kind gezien en was haar nooit meer vergeten...

help je me weer... niet steeds over m'n zus...'

Reykjavik, Singapore, Accra, Fran maakt geen fout, 'zo jong als de eerste tuinboontjes... zegt m'n moeder over Cindy... zo jong dat ze over dertien jaar nog jong is...'

'...zo jong ben jij...'

'...waarom vraag je het haar anders zelf niet,' zegt Fran na Valencia, Boston, Tripoli, 'ze studeert in Parijs.'

'Wat voor vak?'

'Russisch, ze komt vanmiddag voor een paar dagen hier. Wil je soms op haar wachten?'

'Nee, nee.'

Zo lang gepraat dat Fran geen tijd meer heeft om mee naar de prehistorie te gaan. Ze heeft de route goed uitgelegd, het spoort met de stippellijnen van Alain.

Yvette is weggereden. Wat ziet de wereld er helder uit, daken, velden, populieren, zoals je een schoolbord schoon poetst met een spons, nog een keer en nog een keer, over platanen en wegwijzers, zo is het onweer tekeergegaan.

Ze hebben bij Fran thuis niet eens op de bliksem gelet, kregen het over ont dek king, het weghalen van het dek, iets nieuws laten zien. Wist ze nog iets meer van Alain, 'ben je soms verliefd op hem?' vroeg Fran.

Thuis zat ze er wel 'ns bij... 'keken m'n zus en Alain naar een naaktfoto uit... welk jaar... 1880... letten ze niet op me... wat heeft die vrouw het al lang koud, zei Alain.'

Een paar bochten, Yvette rijdt tussen de velden, vergeten te vragen of Alain de foto van Cindy nam... kan niet anders, hetzelfde profiel als op de tekening... foto als voorbeeld... hoe lang heeft-ie haar zitten tekenen... ’s nachts in Mundaka.

*I’m going*
*to get there*
*at any price*
*stand aside*
*I’m on my way...*

Guétary echoot nog in haar na, *prehistorie 15 kilometer*, het staat er in drie talen, met een kleine tekening. Het is of wat zichtbaar is zich hecht aan de plaats die het toekomt.

v

/\
V v   v   / \ / \ /\
v   lucht   / \/ \
t   blauw   / \
o   / \
r   s t r e e p
e
n   auto Yvette →

g r o e n e   v e l d e n

bodem aarde diepte

# Witte handschoenen

Abbie en Jan lopen met een klein gezelschap langs de door Paul gekozen Kafka-beelden, waaronder een foto met het gezicht van een vrouw in repen gescheurd.

'Dit is wel erg treurig,' zegt een wethouder in haar lange jurk, 'er kan geen lachje af.'

Ze bereiken het landschap van Dubout, 'begrijp dat u hem zomaar tegen bent gekomen?' vraagt de wethouder.

'Hij sprak me aan in de bergen...' zegt Abbie, 'herkende hem meteen... natuurlijk mocht hij ons fotograferen...'

In de aula blaast Paul in de microfoon, '...altijd even proberen...' De zaal lacht, er zijn ongeveer honderd mensen.

Hij bedankt de fabrikant van strooizout en een paar andere bruikleengevers, onder wie Abbie de Witt en Jan Ferwerda. Over de eventuele schenking zegt hij niets.

Paul betrekt vrijwel meteen de aula in zijn betoog, 'het is een ruimte die u overslaat, u kijkt naar de lamp op de lessenaar (*tikt ertegen*) en u denkt er in het geheel niet meer aan waar u zich bevindt.'

In de zaal hoor je een vaag geruis, zo algemeen dat je het niet aan een jurk of een paar schoenen kunt koppelen.

Dia's gebruikt Paul niet, 'als u straks de aula weer ziet... in z'n verschrikkelijke pracht... dan hoort die bij de strenge gebouwen van de Duitse schilders... binnen en buiten.'

Het komt er volgens Paul op neer dat elk voorwerp, elk huis bij de Nieuwe Zakelijkheid is gehuld in z'n eigen afwezigheid, een stroeve laag die z'n vorm ontkent.

'Ook bij Kafka zie je hoe wankel en dun de afspraak is met wat ons omringt en we mogen er zelfs om lachen.'

Het licht gaat aan. Door een zijdeur lopen twee vrouwen met manden de zaal in. Elke mand is met witte handschoenen gevuld. De gasten mogen een paar pakken, de vrouwen knikken van 'geef ze maar door' en zo wordt op tientallen plekken de plattegrond van de stad bekeken.

'Mijn handschoenen...' fluistert Abbie, '...net Londen...'

'...hij krijgt de foto alleen, als de tunnel blijft bestaan,' zegt Jan.

'...hebben we het straks over...'

'...wat wil je nou... fiets er elke dag doorheen...'

'...ga hier een beetje ruziemaken...'

'De weg raakt u niet meer kwijt,' zegt Paul van achter z'n lessenaar.

Het wordt weer donker. Paul noemt nog een paar schilders van nu, '...en dan de laatste.. nog even geen naam... het gaat om het werk... Kafka ging vaak naar de bioscoop...'

Op het scherm hoog achter Paul gebeurt iets. Een tintverschil, meer is het niet. Het doek wordt nog witter dan het al is. Je kunt de verwachting van het publiek bijna horen, plotseling een film, onaangekondigd.

Geen titel, ja, toch, *Screen* heet het werk en dan volgt *Lumière*, Londen. Geen naam van de maker, helemaal niets. Je merkt het onbegrip en dan dringt het langzaam tot het publiek door: op het scherm wordt het scherm van een andere bioscoop vertoond.

Gevaarlijk spel, komt er rumoer? Nee, het wordt stiller dan stil. Op een paar plekken lijkt er iets te bewegen, het wit verschiet, alsof de camera in de andere bioscoop getuige was van minieme veranderingen.

Toch nog een paar woorden, *The Stranger Left No Card* van Wendy Toye en dan 'laatst vertoonde film op dit scherm', al weet je even niet of het om het scherm in de aula of in de Engelse bioscoop Lumière gaat.

Geluiden van vogels, naderende auto, onverstaanbaar kind, ze begeleiden het wit, je ziet Yvette uitstappen, dit is de prehistorie. De paraplu van Cindy ligt achterin, die neemt ze mee, van Fran gekregen.

Druk is het niet, lunchtijd, een echtpaar met een klein meisje, Baskisch gebrabbel, *flupp*, *bernst*, het klinkt vast anders dan de naar voltooiing snakkende woorden van Abbies kinderen.

Hier leefden lang voor de jaartelling al mensen. Dit feit, met lichte muziek versierd, komt uit een luidspreker die half en half onder het gras is verborgen, je ziet 'm nog net, pratende grond.

Aan weerskanten van de weg naar een heuvel kom je menhirs tegen, meters hoog, een strak lijf en een gezicht met gesloten ogen, net Modigliani. De stem uit de aarde vermoedt dat ze een priester of een krijger voor moeten stellen, soms meer dan drieduizend jaar oud. Een fallisch symbool, dat kan ook.

Overal resten van een nederzetting, een fort of een dak in de vorm van een bultig rotsblok, heel groot. Is ze hiernaartoe gelokt om de komende letter een historisch aanzien te geven? Daar lijkt het op, nee, Alain bekommert zich niet om de geschiedenis, wel om het hier en nu, in welke vorm dan ook.

In de leegte tussen twee menhirkoppen ontdekt ze een vrouwengezicht, met op de achtergrond de heuveltop, een profiel, zoals Alain haar heeft getekend. Toeval?

Ze denkt aan het mooiste boek dat ze ooit van haar vader kreeg. Geen woord kwam erin voor, zoekplaatjes in kleur. Als je goed keek zag je Napoleon tussen de bomen opdoemen, z'n steek kwam uit het gebladerte, verdween erin, kwam opnieuw tevoorschijn.

Het gezicht uit het niets, tussen de twee menhirs, kan de omgeving maar even stutten. Als je een paar stappen doet, brokkelt de aangename stand van wang en neus weg, alsof het gezicht maar heel even mag bestaan.

Hier kun je op geen samenhang rekenen, de wereld één groot trompe-l'oeil, misschien om tegenstanders eeuwen terug op het verkeerde spoor te brengen.

Yvette loopt langs een twaalfhonderd jaar oude olijfboom aan de voet van de heuvel. Er is brutaal een affiche op geplakt, uit een heel andere tijd. 't Is van een kermis, ze zag het eerder al in het hotel.

Dit past veel beter bij Alain dan de prehistorie. Ze loopt terug naar de ingang, ook daar een affiche van de kermis, waarom is die haar ontgaan? *The wrong way to the right place*, Aia, zo heet de stad, ze rijdt ernaartoe.

Een flard muziek, een jankend draaiorgel, vermengd met een accordeon. Daar heb je de kermis, midden in het dorp. Een rad, een paar zweefmolens, een scheve cirkel van stoeltjes die onder het razendsnel bewegen door een groene huif wordt overkapt, dan kunnen de paartjes elkaar ongezien kussen.

Ze gooit een paar ballen naar een piramide van blikken en wint een beer in een te grote broek. Met grijphanden van glimmend metaal kun je naar een ring of een spiegeltje hengelen en zowaar, een armband, niet laten vallen... gelukt!

Voor sommige tenten staan figuranten van bordkarton, zoals een echtpaar met een paar kinderen, kleurige jurkjes, dat trekt. Er zijn al mensen, waarom zou je er dan niet tussen gaan staan, zo krijg je meer publiek.

Yvette vergeet even haar missie, armband om, de kop van de beer steekt uit een plastic tas. Ze doet haar zonnebril op, wat staat er op het Bowling Centre, *wie raakt de 27ste*, boven de vuurrood geschilderde letters van het alfabet.

Van schrik doet ze een paar stappen terug en schuilt bij een tent met noga, suikerspinnen en zuurstokken. Ze zet haar paraplu neer, koopt vlug een suikerspin, het snoepgoed bedekt haar gezicht. Ze gluurt eroverheen naar de gevel van het bowling centre.

Geen kegels, boven de letters is een jonge vrouw geschilderd, opgestoken zwart haar, zo wilde Yvette het vroeger ook. Hier en daar is de verf weg gebladderd, toch ziet de vrouw er nog jong uit.

Als Yvette iets anders gaat staan, verandert alles. Nog een trompe-l'oeil, in het kapsel van de vrouw gaat de hele wereld schuil, van Kaapstad tot Nova Zembla. Zeeën en rivieren als slordige linten... ineens is het haar weer gewoon, je ziet er niets meer van, net het profiel tussen de twee menhirs, het verdwijnt, is er weer, opnieuw verdwenen.

Ze kijkt naar links, naar rechts en dan gaat ze de tent in. Het is er groter dan ze dacht, lekker ordinair, gouden guirlandes onder een hemel van rood pluche met de kaart van Andorra.

Een bar, vrouwen staan met elkaar te praten, mannen gooien met ballen, daar is de baan. Aan het eind, hoeveel zijn het er, 26 stuks, met op elke kegel een cursief geschilderde letter.

Eerst denkt ze dat de winnaar het langste woord moet gooien, dat gaat moeilijk, met maar vijf klinkers. Nee, twee spelers tegen elkaar en wie de meeste om kegelt wint, klassiek.

Een helper brengt ze opnieuw in het gelid. Tussen de M en de N wordt nog een kegel neergezet. Ze loopt ernaartoe om het beter te kunnen zien. Er is iets op de kegel geschilderd, niet op de top maar onderaan.

Zij is het zelf, Alains schets in Mundaka, een miniatuur, fijn gepenseeld. Als ze beter kijkt, ziet ze het haar van de vrouw op de gevel. Alain denkt zeker dat ze een bal tegen haar eigen kop gaat mikken, de armoede van je blik bij zo'n hopeloze gooi.

No way, dat doet ze niet, ze loopt naar buiten en kijkt naar de blauwe hemel, die door geen kermisattractie wordt bespot en ook niet door een trompe-l'oeil. Soms erg grappig, maar 't blijft een kluwen dat in zichzelf verstrikt is geraakt.

Ze zoekt haar paraplu bij de snoeptent, niet meer te vinden.

'Hoe lang staat die kermis hier al?' vraagt ze aan de verkoopster.

'Een week ongeveer.'

'En hoe lang blijven jullie nog?'

Ze verkoopt twee zuurstokken en een suikerspin, 'dat weet je nooit... het hangt ervan af waar we naartoe worden geleid.'

'Door wie?'

'Daar ga ik niet over.'

'Wie dan wel?' houdt Yvette vol.

'Jij misschien?' lacht de verkoopster, 'ze zoeken iemand, geloof ik... het ligt nog open.'

Margriet en Rob doen van alles in Londen, eerst naar *Glee*, de film naar Margriets lievelingsserie op tv, jongens en meisjes maken op school hun eigen musical – met heerlijk liefdesverdriet. Dan naar een circus, een clown probeert een lichtplek op te vegen, de cirkel ontsnapt aan de bezem, danst steeds weer weg. Margriet stil, daarna lacht ze en tot slot naar een winkel met gratis make-up voor kinderen.

Ze wordt zo fel opgemaakt dat ze het er onder de douche nauwelijks af kan krijgen, 'dan laten we het toch zitten?'

Tussen al die lokkertjes probeert Rob haar op andere gedachten te brengen, geen beginnen aan.

'Dat hoofd van Yvette gaat nergens over.'

'Je krijgt het copyright – dat schrijft ze zelf,' houdt Rob vol.

'Kan mij dat geld schelen...'

'...voor later...'

'Heb ik ook van m'n eigen letter,' zegt Margriet stellig, 'dat copyright.'

Rob vraagt zich af of er meer achter zit, opgestookt door de andere kinderen? Hij probeert Yvette te bellen, wat is ze toch aan het doen, al dagen geen gehoor, wel die tekening, gewoon over de post.

Aan het eind van de overvolle dag worden ze door de charmante Cummings ontvangen. Nog denkt Rob, ik teken straks het profiel van Yvette gewoon zelf, kan niet meer, hij heeft Murphy's een kind beloofd. Dan moet het maar zo zijn.

John leidt de gasten naar de opslag. Margriet mag aan Johns vroegere tafel gaan zitten. Mark brengt de Dubout en haalt hem uit de lijst, 'hier maar?' Margriet trekt vlug haar armen op.

'Met een pen?' ze kijkt vragend naar Rob.

'Doe maar een potlood,' zegt John, de punt wordt niet eens geslepen, 'heb je een voorbeeld?'

'Het wordt een letter voor binnen en buiten.'

'Dat klinkt goed,' zegt Mark, 'je bent al een hele lady,' hij zegt niets over de sporen van de make-up.

En dan, uit haar hoofd, tekent ze de 27ste letter, eerst de X, ze wacht even... heel vlug de o, tussen de onderbenen. Voor het eerst officieel, daar staat hij, om nooit meer te verdwijnen.

# Het stoplicht

Op de middag van de veiling is het levendig bij Murphy's en ook bedaard, als op iedere plek waar het om grote sommen geld gaat.

Een tv-wagen staat voor het gebouw en de camera ligt op een tafel achter in de zaal. Heren met das, dames sjiek sportief, er wordt al iets gedronken. Het zou een receptie op een ambassade kunnen zijn, met al die verschillende talen.

Is dat niet Simon Schol, voorin, hij praat lachend met Donat. Daar staat Twisk, gebukt, hij strikt de veters van Sue, 'doe ik ook op straat met m'n vriendinnen,' zegt Margriet tegen Rob, 'gooit ze confetti in z'n haar... kijk, ze doet het.' Mark stuurt Sue weg. Ze blijft in de deuropening staan.

Medewerkers achter de telefoons, een man schudt over de tafel heen Johns hand. Hij steekt z'n armen omhoog, alsof hij een bokswedstrijd heeft gewonnen. Het is zijn eerste veiling.

John doet het goed, Bonnard, mooi bedrag voor een litho, dan *La prose du Transsibérien*. Hij geeft het een paar zinnen mee uit het gedicht, 'en toch, en toch, ik werd bedroefd als een kind, door het ritme van de trein.'

Veel bieders aan de telefoon. Het wordt iemand in de zaal, helemaal raak, drie keer de richtprijs.

Vlug erna een foto van Andreas Feininger, 'u ziet de camera vlak voor het gezicht van een journalist, 't is of hij naar ons kijkt.'

Het naakt van Marquet en dan een strandgezicht van Edmond Ernest-Kosmowski, 'gedempte pastels – voor iedereen die terugverlangt naar de vakanties uit z'n jeugd.'

Een vrouw heeft een meisje op schoot, lawaai... wat een vervelend kind... niemand zegt er iets van... de vrouw biedt mee...

'Wanneer komt het nou?' vraagt Margriet aan Rob. Ze zitten op de derde rij aan het middenpad.

'Duurt niet lang meer,' fluistert Rob, wijst steels naar de cameraman en dan naar de coulissen, 'daar heb je de foto, Margriet... kijk, die stofjas...'

John heeft het over Yell, een bijbelse gouache van Suzanne en de ouden aan de rivier, 'van hem kom je anders alleen iets tegen in de ondergrondse...' Het wordt een recordbedrag voor de popkunstenaar. Dan komen Kuifje en Bobbie, vlak voor de wereldbol, 'hoef u niet te vertellen hoe zeldzaam...'

Margriet en Rob letten alleen nog op de man met de stofjas die Abbie en Jan in z'n armen heeft. Hij hoest in de verte, beweegt het werk onhandig heen en weer.

'Wat zal Joost jaloers zijn...' Margriet trekt Rob aan z'n mouw.

'...je broer... dat jij hier zit...'

Het werk van Dubout moet je niet met al te deftige vingers aanraken. Iedereen weet wat er op het spel staat. De man in de stofjas stapt op het podium, wil het aan de veilingmeester geven en op dat ogenblik kijkt John even een andere kant op, alsof er belangrijker dingen op de wereld zijn.

Hij draait zich om, 'ah, yes... Alain Dubout...' Abbie en Jan in de bergen, groot op een scherm... 'uit de serie van... het alfabet (*medium close 27 in de boterbloemen*) 27... de laatste letter... u ziet hem voor het eerst...' (*extreme close X en wiel*)...

'May I proudly present...' en nu weet John niet meer hoe de letter heet, kan net doen of hij wacht om de spanning erin te houden, nog een keer, 'may I proudly...' heeft de damned Dutch girl het wel gezegd...

Secondes die wel een uur duren... een X met een wieltje... onbenoemd... in de zaal breekt Donat een potlood... dit kan ze tonnen kosten, 't blijft een theaterstuk... Schol strijkt met twee handen door z'n peper-en-zouthaar... Margriet buigt zich naar Rob...

'Blarrt,' roept het kind op de schoot van de moeder, 'blurff... blimm (*harder*) (*houdt vol*) blimm... blimm...'

'Niet voor niets even gewacht,' zegt John, dicht bij de microfoon, 'may I proudly present on its first afternoon... the blimmm...' en hij houdt de laatste m even aan.

Nu gebeurt er iets wat anders nooit in een veilinghuis gebeurt. Een paar bieders staan op, al is er nog geen bedrag genoemd. Ze beginnen te klappen, anderen volgen, de hele zaal klapt voor de letter en voor het geld dat nog moet komen.

Yvette kijkt om naar het haar van de vrouw op de gevel, waarin de wereld schuilgaat. Misschien is het wel opzet van Alain, een speelse val, alsof hij haar met al die trompe-l'oeils op de proef stelt.

Tot nu toe komt ze steeds voor in deze regels en toch valt het haar niet op. Het is een soort gastoptreden, een openbare roddel en ze schikt zich naar elke betekenis. Haar paraplu, nog een keer bij de snoepkraam kijken, niets, zeker door een ander meegenomen.

Aia is niet groot, toch is er in de namiddag veel verkeer. Haar auto staat in een zijstraat. Ze wacht voor het zebrapad, het stoplicht begint te praten, hoe lang je moet wachten voor het op groen springt, een minuut, al gauw seconden. Een pratend stoplicht, als de pratende grond in de prehistorie, alles praat.

Het zwijgt, helemaal groen en toch blijft ze staan. Die kant op of anders wel een andere kant, wachten of doorlopen, altijd word je opgeroepen voor een beweging, dit keer door een eenvoudige kleur.

Ze weigert eraan te voldoen. Al weer rood, het stoplicht begint te praten, nog een keer groen, Yvette komt niet van haar plaats.

Maar het is al te laat. Het voelt alsof ze wordt losgeschud, als de kat in een tekenfilm van Tom & Jerry, de brokken komen vanzelf weer bij elkaar.

*Ze loopt door rood naar haar auto*, gewoon meedoen aan een zin van zeven woorden. *Door rood loopt ze naar haar auto*, dat kan ook, het is iets tussen turnen en nadenken in.

Zo krijgt ze met elke zin iets te maken, steeds leent ze zich uit aan wat er zal gebeuren, *handen aan het stuur*, waarom moet het zo, *het stuur vliegt van rechts naar links*, dat gaat vlugger, daar heb je een bocht.

Zelf optreden, misschien speelt ze niet eens een nieuwe letter, Alain heeft haar vast iets bijzonders gegund. De volgorde waarin een rij woorden komt te staan, daar gaat ze over, het kan niet anders.

Hier en daar helpt ze en passant mee aan de spelling, *ze vervelt over de weg*, iets is er mis, merkt het aan haar huid, *wervelt over de weg*. Wat een tempo, ze kan nu moeilijk aandacht aan haar neus besteden. Als ze niet oppast, raakt ze weg in wat ze over zichzelf beweert.

Ze stopt bij een benzinestation, richting Zarautz. Envelop van de achterbank, ze maakt hem open, haar eigen profiel, in Mundaka geschetst, aan Margriet doorgegeven. Je kunt niet dichterbij komen om te zien wat ze erop schrijft, dat is te opvallend. Veel is het niet, ze bergt hem al weer op.

Twee kinderen rijden naar haar toe, ze stoppen, met de fiets tussen hun benen, kun je meteen weer wegrijden, 'mevrouw, weet u ook waar de kermis is?'

'Gewoon rechtdoor... kom je er vanzelf... lekkere suikerspinnen.'

Het gaat haar zo makkelijk af, *de bergen daar hoog in de verte* of *daar hoog in de verte de bergen*, ze maakt nauwelijks nog een keus tussen die twee. Plekken waar zo goed als niets gebeurt, die moet ze benoemen, om te kunnen bestaan.

Hoe zou het in Londen zijn? Abbie en Jan, met het portret van Yvette eronder, iedereen wordt verkocht, voor de hoogste prijs.

Het lijkt op wat ze bij Joe de drukker heeft gehoord en gezien, een wereld die je zelf moet maken.

Op een groen geverfd balkon drinkt een man in het wit een glas sinaasappelsap.

Een vrouw draagt een tas, ze zet hem neer, hij moet nogal zwaar zijn en nu pakt ze hem met haar andere hand.

Een bus stopt, Yvette kijkt naar binnen, een oude man staat op voor een achttienjarige, ze gaat zitten zonder hem aan te kijken.

Probeersels om je omgeving bijeen te houden... toch kom je er een eind mee, in elk geval van Aia naar Zarautz.

'Betaalt het ook wat?' heeft ze Alain in Mundaka gevraagd.

'Wat denk je?' vroeg Alain.

'Als je er de hele dag mee bezig bent... ook 's nachts?'

'Dan ook...'

'Als ik het dan toch doe...' hij viel in slaap.

Zoeken, rijden, lopen... pure bewegingen... om ergens aan te komen...

Ze wil de zinnen niet meer verlaten, wie zou dit werk anders moeten doen? Met z'n tweeën zijn ze, de taal en zij, een derde is er niet. Ze mag niet weg, als er iets gebeurt of een regel onder haar ogen in het ongerede raakt, moet er iemand bij zijn, zo blijf je ook bij een gewonde in de bergen, er is geen derde. Cindy iets brengen, dat kan nog wel even, tussen haar officiële werk door.

Dat ze nu in de richting rijdt waar ze vanmiddag vandaan is gekomen. Ze probeert zichzelf los te laten, wel praktisch blijven, hier is ze gebonden aan de weg en de natuur.

IJlende wolken, *het achterland vlak naast de bergen*, dat het bestaat als het wordt beschreven, al lijkt het niet voor letters gemaakt, *de bergen vlak naast het achterland*. Wat haar omgeeft overeind houden, ook waar zo goed als niets gebeurt. Dat is haar taak, ongeveer zoals Alain een landschap fotografeert. Ze doet het voor hem.

Fran kijkt naar links, naar rechts, nog eens naar links en dan niet meer naar rechts. Een grote envelop, net bezorgd, 'Cindy... Cindy...' roept ze over haar schouder, 'voor jou... '

Cindy komt, half in de deuropening, niet verder. Ze maakt de envelop open en haalt er een tekening uit, duidelijk van Alain.

Er staat iets onder, *envelop = pen love, Yvette*? Nee, dat zou ze nooit schrijven, bij al dat andere werk. *Van Yvette voor Cindy* of *Voor Cindy van Yvette*, kies zelf maar, dat kan wel.

'Het is net of er iets beweegt,' zegt Cindy.

'Waar dan?'

'Terwijl ik het las.'

Kraanvogels vliegen op, hoger dan anders, een beetje schutterig, alsof ze het voor het eerst proberen, erg jong nog misschien. De twee zusters kijken er anders nooit naar, te bekend, te vaak al gezien, daar gaan ze, met klapperige vleugels, over het huis van Cindy en Fran.

Uitgeverij Querido stelt alles in het werk om op milieuvriendelijke en duurzame wijze met natuurlijke bronnen om te gaan. Bij de productie van dit boek is gebruikgemaakt van papier dat het keurmerk van de Forest Stewardship Council (FSC) mag dragen. Bij dit papier is het zeker dat de productie niet tot bosvernietiging heeft geleid.

FSC
www.fsc.org
MIX
Papier van verantwoorde herkomst
FSC® C019440